知典故

鄧穎丰 蔡永鏘 梁皓嘉 編著

商務印書館

知典故

編　　著：鄧穎丰　蔡永鏘　梁皓嘉

責任編輯：鄒淑樺

封面設計：趙穎珊

出　　版：商務印書館（香港）有限公司
香港筲箕灣耀興道 3 號東滙廣場 8 樓
http://www.commercialpress.com.hk

發　　行：香港聯合書刊物流有限公司
香港新界大埔汀麗路 36 號中華商務印刷大廈 3 字樓

印　　刷：美雅印刷製本有限公司
九龍觀塘榮業街 6 號海濱工業大廈 4 樓 A 室

版　　次：2018 年 7 月第 1 版第 1 次印刷

ISBN 978 962 07 5796 9
Printed in Hong Kong

目錄

本來指像衣帶一般狹窄的河流，後來也可以形容雖有江河相隔，但仍像相隔衣帶一般，極為接近。

「我為百姓父母，豈可限一衣帶水不拯之乎？」

《南史．陳後主紀》

一衣帶水

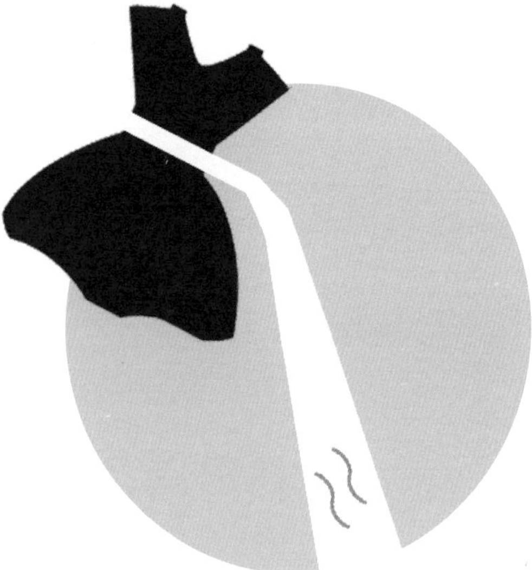

南北朝時期，南北兩方長時間對立，在百餘年間南北兩方內部戰爭不斷。南朝皇族多出身於寒門或庶族，因為內鬥加上戰力不及北朝，統治的疆域一直在收縮。直至南朝陳的陳文帝統一南朝，國力已經大不如前，只能依靠長江天險抵禦北朝。而北朝承繼五胡十六國，為胡漢融合的新興朝代，由宇文泰開創的關隴集團，積極推廣漢化並勵精圖治，統一了整個北朝。

但此時北周宰相楊堅，趁着北周武帝逝世後的交接期，剷除了朝中反對他的勢力，逼使繼位的北周靜帝禪讓帝位予他，並改國號為隋。不過楊堅並不滿足於只是統治北朝，他更希望統治整個中國。他知道南朝陳的君主陳叔寶是個無能之輩，自以為憑藉着長江天險就可以抵擋來自北方的攻擊，每天花天酒地，軍隊也荒廢操練。楊堅覺得這是絕好的時機進攻，於是就決定起兵攻伐南朝陳。

在隋國的軍隊出發之前，楊堅為了鼓舞大家的士氣，就對全軍發表演説：「我作為百姓的父母，怎麼可以因為一條就像衣帶這麼寬的水隔着，就不去拯救南朝那些受苦的百姓？」於是軍隊分三路出擊，短短三個月間就擊破南朝陳的首都，抓住了君主陳叔寶。不久各地的陳朝軍隊都投降，楊堅結束了長達二百七十三年的分裂局面，重新統一了全國。

一諾千金

答應了別人的事情的承諾，就像千兩黃金一般貴重。用以形容人十分守信用。

「得黃金百斤，不如得季布一諾。」

《史記‧季布欒布列傳》

季布是秦末漢初人，為人愛打抱不平。項羽曾多次派他攻打劉邦，數次將劉邦逼入險境。等到項羽滅亡後，劉邦懸賞千金捉拿季布，並下令誰敢窩藏季布都會被誅滅三族。季布唯有躲藏在濮陽周氏家中，周氏說：「現在到處都是想捉拿你的人，情況十分緊急。要是將軍能聽從我的話，還可以拖延一段時間。」季布見情況緊急，就答應了他。周家把季布裝扮成奴僕，帶到相熟的朱家。朱家的人知道這就是季布，於是就把他安頓好，又再外出尋求救兵。

朱家派人前往洛陽，拜見汝陰侯滕公。使者對滕公進言：「做臣子自當要各為主子面效命，季布受項羽差遣，這也是分內事。皇上剛奪得天下，就因為個人的怨恨去追捕一個人，這是心胸狹隘的表現。要是季布因此投靠匈奴或者越地，將來只會成為大患。滕公大可向皇上表明當中的利弊啊。」滕公知道季布是個人才，就向皇帝求情。於是劉邦就召見季布，季布承認了自己之前的罪過。劉邦赦免了季布，並讓他擔任郎中。

及後季布的仕途可謂一路亨通，從小小的一個郎中，晉升至河東郡守，一直以來都在民間有着很好的名聲。而季布有個同鄉叫曹丘生，喜歡結交權貴。季布聽說竇長君與曹丘生交往甚密，就奉勸竇長君不要與攀附權貴的小人交往。曹丘生得知後就寫信予季布，說道：「楚地有句俗話說：『得黃金百斤，不如得季布一言』。為何會有這句話？是因為我們是同鄉，我到處宣揚你的名聲啊！卻想不到你在背後是這樣說我的。」季布聽後覺得確實有所不妥，於是就好好設宴款待曹丘生以示歉意。後來「一諾千金」一語就用來形容人十分守信用。

施展陰謀手腕借刀殺人。

「三子何不計功而食桃？」
《晏子春秋．內篇諫下》

二桃殺三士

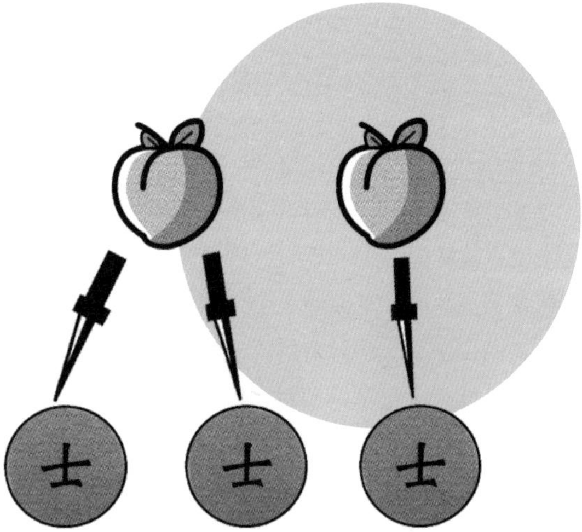

希臘神話中有金蘋果的故事，紛爭女神用一個金蘋果就挑起了特洛伊戰爭。而在春秋時期，晏子也用兩個桃子令三位猛士自相殘殺。

當時齊景公手下有三個猛士：公孫接、田開疆、古冶子。這三人自恃勇猛，又深受景公賞識，便目中無人、驕橫跋扈。晏子對此很是不滿，便向景公進言：「陛下蓄養的勇士，不講君臣之禮，又無長幼倫常，實在是大患，應當儘早剷除。」齊景公說：「其實我也早有這個想法，但是這三人不容易對付啊。」晏子說：「力鬥不如巧取，你只需賞賜三人二個桃子，讓他們分吃即可。」

於是齊景公命人把桃子送到三位勇士住處後，公孫接便拿過一個桃子，說：「我這樣的勇士，理應獨吃一個桃子，不用與別人分吃。」田開疆又拿了一個，說：「我兩次單獨擊退敵軍，我也可以獨自吃一個桃子。」古冶子說：「我曾助齊景公橫渡黃河，並殺死河中的大鱉。我才配吃一個桃子，你們快點把桃子交出來。」同時抽出寶劍，欲作拼殺。公孫接、田開疆聽完：「我們的勇氣確實不如你，但是我們卻貪婪地想拿這桃子。如此活着，實在算不上勇敢。」於是便交出了桃子，刎頸自殺了。

古冶子看到這一情形，說：「我害死了你們，是為不仁；羞辱別人來抬舉自己，是為不義；悔恨自己的言行，卻又不敢補救，是為不勇。不仁、不義、不勇都齊了，我又如何可以活在世上？」於是放下桃子刎頸自殺了。就這樣，兩個桃子就解決了三個勇士了。

人人自危

比喻每個人都感到危險。

「法令誅罰日益刻深，群臣人人自危，欲畔者眾。」

《史記・李斯列傳》

秦始皇晚年時，出巡前往會稽。同行有李斯、趙高，以及小兒子胡亥。但是當到達沙丘一地時，秦始皇患上了重病。秦始皇怕時日無多，於是就寫下詔書，讓當時正在邊疆駐守的大兒子扶蘇回咸陽主持葬禮。但是這份詔書尚沒有送出去的時候，秦始皇就去世了。

同行的李斯、趙高就起了異心，覺得這正是奪權的最好時機。於是就對胡亥說道：「先王寫下詔書令扶蘇回京處理後事，一旦他回去了繼承皇位，你將一無所有。但是現在只有我們知道先王駕崩一事，要是我們先趕回去，皇位就歸你所有了。」胡亥一聽，受不住誘惑，於是就與李斯、趙高合謀偽造了詔書，迫使扶蘇自殺。同時也讓胡亥登上皇位，成為秦二世。

但是秦二世一直很害怕有人識穿這一切，於是就問趙高應如何是好。趙高就說：「必須利用嚴刑峻法，將老臣子全部剷除，然後提拔忠於我們的新人。那才可以確保宮中穩定。」於是在秦二世的授權下，趙高在宮中大開殺戒。不但老臣子，還有其他的公子、公主、他們的親人都一併處死。受牽連的人多不勝數，當時朝廷中的人都覺得十分危險，不知道哪一天自己就會受到牽連。

三千珠履

比喻賓客眾多。

「春申君客三千餘人，其上客皆躡珠履以見趙使。」

《史記．春申君傳》

春申君，是戰國時期楚國有名的政治家，是為「戰國四公子」之一。年輕的時候曾四處遊歷，拜訪名師學習，見識十分廣博。故在回到楚國之後深受楚頃襄王的賞識，他將國家大事交由春申君處理。

春申君的辯才也是十分出眾，秦楚之間一直持續有戰爭。特別是秦國大將白起英勇善戰，使得秦國野心愈發膨脹。先後擊敗韓國、魏國，並使得兩國俯首稱臣，此時秦昭王下令聯合秦、韓、魏三國的軍隊進攻楚國。楚頃襄王派出春申君議和。春申君憑藉着出色的辯才，説服秦王放棄進攻楚國，並與楚國締結盟約，共謀發展。回國後楚頃襄王去世，春申君幫助楚考烈王登上王位，並輔助執政。這段時期，楚國不但國力越發強盛，也恢復昔日在眾諸侯國中的威望。

一連串的事跡令春申君威名遠播，不少有識之士都爭相成為春申君的門口，巔峰時竟有三千人之多。同為「戰國四公子」之一的趙國平原君，有次派門客拜訪春申君。平原君的門客想向楚國誇耀趙國的富有，在拜見春申君時特意在頭上插上玳瑁髮簪，又佩戴鑲有珍珠寶玉的劍鞘。但是沒想到來到春申君的府邸，發現春申君的上等門客，全都穿着寶珠做的鞋子。相較之下自己的配飾不過爾爾，這令平原君的門客十分慚愧。

上醫醫國

比喻為國家去除弊端，能夠治理好國家。

「上醫醫國，其次疾人，固醫官也。」

《國語．晉語八》

春秋時期，有一次晉平公患了重病。和晉國友好的秦國就派去名叫醫和的資深醫官為晉平公診治。醫和仔細地為晉平公審視了病情，步出宮殿後說道：「晉平公患了蠱病，已不是藥石能治了。因其長期貪戀女色，迷失了心神而導致生病。這種病既不是因為鬼神的詛咒，也不是因為飲食失當，實在無法治愈。若讓這樣的國君繼續管治下去，這個國家必定滅亡。」

一旁的晉國重臣趙文子聽後十分憤怒：「我們各位卿大夫輔助國君成為了諸侯國間的盟主，八年內國家沒有動亂。為何你會這樣說？」醫和回答：「我只是推測事物的發展而已。所謂正直的人不能輔助失德的人，明智的人也無法規勸昏笨的人。如今你們國君貪戀女色而得病，你不但不好好規勸，反而以自己執政為榮，覺得八年的太平已經足夠多了。這樣你們君主的病只會越來越重。」

趙文子問：「你不過是個醫生，醫生能夠治理一個國家嗎？」醫和回答：「最好的醫生能夠醫治國家，次一等的只會醫治病人，這本來就是醫生的職守。正如蠱病的起源，是因為長期敗壞腐朽的生活，晉平公生活不檢點自然會使其生病。而這樣的君主統治一個國家，國家還會健康嗎？醫理和治國之道相通，所以我才敢這樣說。」

趙文子聽到此處明白了醫和的意思，於是問道：「那晉平公尚有多久壽命？」醫和答道：「若是各諸侯任由晉平公這樣，頂多三年。但倘若各位諸侯反對晉平公，使其改正，最多也只有十年。」

當年諸侯們就不再承認晉平公盟主之位，果然十年後平公就去世了。

以一根頭髮牽引着極大的重量。比喻情況極為危險。

「夫以一縷之任，系千鈞之重，上懸無極之高，下垂不測之淵。」

《漢書・枚乘傳》

千鈞一髮

吳王劉濞是劉邦之侄，年輕時曾為劉邦立下汗馬功勞。於是劉邦就分封他為吳王。但是劉邦去世後，漢文帝即位，劉濞就不太服從這位年輕的君主。有次劉濞的兒子前往京城遊玩，沒想到與皇太子發生爭執後，被太子用棋盤擊斃。這使得劉濞對朝廷十分不滿，於是就大肆擴張自己的實力，對朝廷的命令更加不放在眼內。

及至漢文帝去世，朝中大臣紛紛支持收回諸王的權力，楚王劉戊、膠西王劉卬等先後被削地。劉濞得到消息之後，打算舉兵造反。此時在吳王手下擔任郎中的西漢著名文學家枚乘就上書勸諫：「用一根頭髮懸吊着千鈞重的東西，上方是不可目測的高處，下方則是無底深淵，這種情況任誰也能看出是危險至極。若大王執意舉兵背叛漢朝，處境就如這根頭髮一般啊！」

但是枚乘的忠告並沒有得到劉濞的採納，他只好離開吳國，去梁國作梁孝王的門客。而朝廷多次對劉濞作出妥協也未能令劉濞退兵，於是就派出大軍一舉擊敗劉濞。劉濞奔逃至東甌國尋找藏身之所，沒想到被東甌王之弟「夷烏將軍」擊殺，獻給漢朝以示忠誠。

本義是指像椽一般大的筆，比喻文章雄健有力，或氣勢宏大。

「珣夢人以大筆如椽與之。」
《晉書・王珣傳》

大筆如椽

東晉的王珣從小才思敏捷，尤其是散文和詩賦都寫得很好。二十歲的時候就被大司馬桓溫聘為主簿。

有一次桓溫想測試幕僚們的膽量，於是在大司馬府聚會議事的時候，故意騎着馬直接衝進大廳。幕僚們都嚇得驚慌失措，四處躲避，但是唯獨王珣鎮定自若，端坐不動。桓溫感歎地說：「面對突發情況而能穩坐的人，將來肯定會是個有作為的人！」

自此桓溫便着力培養王珣，經常給予王珣機會。有一次桓溫為了測試王珣的應變能力，在會議間派人取走了王珣所準備的文稿。然而輪到王珣發言時，照樣滔滔不絕。桓溫拿出文稿一看，發現王珣所說的內容與文稿別無二致，但是文句卻完全沒有相同。大家得知這件事後都對王珣十分欽佩。

直到一天晚上，王珣做了一個夢，夢中有人將一支像屋椽那樣的大筆送給他。醒來後，他對家裏人說：「我夢見有人送我如同椽子那樣的大筆，看來有大事情要我做了。」果然當天上午，晉孝武帝突然去世。由於王珣文筆出眾，朝廷要發出的哀策、訃告等全都交給他起草。這種殊榮是歷史上少見的。

而這個故事還有另一個典故在其中，話說在王珣在睡夢中夢見大筆。睡醒後他對家人說：「此當有大手筆事。」此舉也引申出「大手筆」一詞，以表示寫作能力超卓的作家。

為了維護正義，對犯罪的親人不徇私情。

「大義滅親，其是之謂乎。」

《左傳・隱公四年》

大義滅親

春秋時期，衛桓公被其胞弟州吁所殺。其後州吁自立為國君，簒位後他舉全國之力來滿足私慾。見此情況，幾位大臣暗中商議，去周天子處揭露州吁的罪行。州吁很快得知了這個消息，他擔心周天子會出面干預。於是與石厚商討對策。石厚說：「我父親石碏（普 què 粵 cêg³）很有謀略，如果有他幫助，應該不會有大問題。」

石厚奉州吁之命向父親轉告了州吁的想法。石碏對石厚說：「州吁之所以不得人心，是因為他沒有得到周天子的承認。我聽聞陳桓公深得周天子的信任，你不妨與州吁去親自請陳桓公幫忙，這樣就很容易解決了。」

石厚聽了父親的話，馬上與州吁備下厚禮，起身前往陳國。但是沒想到他們剛一入境，就被逮捕。原來石碏一直對州吁的行為十分不滿，一直在想有甚麼辦法可以對付州吁。於是就乘着石厚與州吁啟程的時候，立即寫了一封信揭露他們的罪行，派人連夜送予陳桓公。

此時衛國也派大夫宰丑趕到陳國，把被捕的州吁處死了。宰丑考慮到石厚是石碏的兒子，想從寬處理。但石碏說：「州吁所犯的罪行，很多都是石厚作為背後主謀。像石厚這樣大逆不道的人，留在世上永遠是個禍患。」於是石厚也一併被處死了。

比喻事情不適合當今時代的需要，也比喻行為不合乎世俗習慣。

「皆違經背古，不合時宜。」

《漢書．哀帝紀》

不合時宜

西漢王朝傳到漢哀帝劉欣手上時，已經國力大衰。面對着漢朝衰落的境況，漢哀帝很想有一番作為，將漢朝恢復至先祖時期的興盛狀況。即位初期，他躬行節儉，勤於政事，任用有識之士。面對着日漸嚴重的土地兼併，漢哀帝頒佈了限田令、限奴婢令一系列措施，希望改善民眾生活。但是朝中大臣因着自己利益受損，紛紛反對新政。漢哀帝的祖母傅太后恃着自己的身份，對政事多加干預。而漢哀帝本身就有頑疾，導致推行改革時往往力不從心，使得種種改革都胎死腹中。

未幾，傅太后去世，此時方士夏賀良藉機向漢哀帝上奏說：「漢朝統治天下已經二百年，最近上天已經降下預示，警告漢朝的曆法已經衰落。就如先帝成帝沒有親生兒子，如今皇上也一直體弱多病，天下又屢有異事發生。唯有儘早改制，才可令皇上延年益壽，生養皇子，使得天下太平。」

哀帝聽信了夏賀良之言，在傅太后死後的第四天，發佈詔書大赦天下，又將年號改為太初元年，同時將計時漏刻的刻度由一百度改為一百二十度。但是改元以後，哀帝病情依舊。於是派人對夏賀良作了調查，發現他不過是個假冒方士。於是又下了詔書，說道：「朕因為誤信夏賀良等人的話，以為改制能夠給天下帶來安定。但是他們所說的皆是違背了義理，不合時宜。除了大赦之外，把一切改制都取消。」

不恥下問

不以向地位、學問較自己低的人求教為可恥。

「敏而好學，不恥下問。」

《論語・公冶長》

孔子曾說過：「知之為知之，不知為不知，是知也。」當遇到不知道的事情，就要去認認真真地請教別人，這才能學習到不同的知識。對於能夠拋開階級之見，為了追求知識而向別人請教的人。孔子十分讚賞，認為這才是真正的好學。

就如孔子第一次去魯國國君的祖廟參加祭祖大禮時，很多魯國的禮儀他都不明白。於是他就不停地問身邊負責不同典禮的人，剛才他們所負責的典禮是甚麼？有甚麼意思？下一步又會有甚麼儀式？

一場典禮下來，孔子將這場典禮的不同環節都了解得十分清楚。但是周遭就有些人暗暗諷刺道：「還說做別人的老師，沒想到連這麼些禮儀都不會，還要不停向周遭的人問，當真不知恥。」孔子聽了這些議論，並沒有生氣，反而坦然地說：「敏而好學，不恥下問。對於自己不懂、不明白的事情，一定要問個明白，弄清楚，這才是求知的正確方法。」

不因為別人看不見，而做些見不得人的事情。

「夫忠臣與孝子，不為昭昭伸節，不為冥冥墮行。」

《列女傳．仁智》

不欺暗室

一天晚上衛靈公和夫人正在家中閑坐，聽到門外有馬車聲。可是馬車聲突然暫停了，沒過多久馬車聲又再重新響起。衛靈公問：「夫人，你可知道剛才是誰人嗎？」夫人思索片刻答：「剛才應該是蘧（普 qú 粵 kêu^4）伯玉。」

衛靈公問：「你怎麼知道？」夫人說：「經過大門下車，是表示尊敬。高尚的人不但會在大庭廣眾之下做到這些禮儀，更不會因為沒有人看見而改變自己的操行。我知道蘧伯玉是品行高尚的大夫，既有仁德，亦有智慧，對國家更是盡忠職守。他絕不會因為沒人看見就不守禮節的，所以應該是他了。」

於是衛靈公派人前往查看，那個人果然是蘧伯玉。但是衛靈公與夫人開玩笑：「夫人你錯了，剛才那人不是蘧伯玉。」只見夫人倒了一杯酒，給衛靈公道賀。衛靈公又問道：「這是為甚麼呢？」夫人說：「原本我以為衛國只有蘧伯玉，沒想到原來有人與他一樣。如此一來我們國家就有兩個賢臣了。這是多大的福分啊，國家有賢臣，自然就會有更大力量啊。這難道不值得祝賀嗎？」衛靈公鼓掌稱道：「說得好！」

不學無術

原本比喻不明關乎大事的道理，現用來形容沒有學問或本領的人。

「然光不學亡術，闇於大理。」

《漢書・霍光傳》

霍光是西漢名將霍去病的弟弟，深得漢武帝的賞識，漢武帝臨終前封他為司馬大將軍。

霍光得此重任後為國家政務勞心勞力，先是輔助八歲的昭帝登基。雖然當時霍光獨攬大權，但是並沒有藉此胡作非為，反而十分盡力推展各種改革措施。不幸昭帝逝世，於是又輔助劉賀成為皇帝。但是沒想到劉賀甫一登基，就沉醉於酒色之中，還頒下聖旨，要求各州府選出美人送往京城。霍光見此情景，知道劉賀絕不是做皇帝的人選。在位二十七日，就廢黜劉賀的王位，改立劉詢為皇帝，是為宣帝。

霍光確實為漢朝的社稷立下了汗馬功勞，但是霍光在晚年卻以三朝元老自居，獨攬大權。根本不將宣帝放在眼內，經常對於朝政大事指指點點。特別是霍氏一家常常依仗着霍光的權勢，胡作非為。霍光的夫人甚至因為女兒無法得到漢宣帝的寵愛，而令人下毒殺害快將臨盆的皇后。以致朝中上下，很多人都覺得霍光的行徑越來越過分，完全不明白關乎國家大事的道理。漢宣帝也知道再讓事情發展下去，必定會令朝政陷於混亂。於是在霍光病重去世後，誅殺霍氏一家。但念在霍光多年來為朝廷所作的貢獻，漢宣帝依舊以極高的規格供奉霍光，並且將霍光列為「麒麟閣十一功臣」之首。

不翼而飛

比喻東西突然就不見了，也可比喻事情傳播的十分迅速。

「衆口所移，毋翼而飛。」
《戰國策‧秦策三》

戰國時期，秦王派大將王稽攻打趙國都城邯鄲。但是這次進攻一連攻了十七個月也沒有進展，使得王稽十分苦惱。此時一位名叫莊的謀士，前來向王稽獻計。

莊說道：「將軍一直無法攻下邯鄲，此時軍中的士氣已經十分低落。但是對方肯定也是，城中很可能已經出現了飢荒。若果將軍犒賞部下，並許諾戰勝後論功行賞，就會令到軍中士氣大振。攻破邯鄲就指日可待。」但是王稽說道：「身為將軍，服從君主的命令是我的首要任務，其他的事情我管不了這麼多。」

莊繼續說道：「將軍這樣講不太對。即使是父親給兒子下命令，兒子也要思考哪些是可行的，現時你身在前線，自然更需要思考怎樣才能獲勝，將軍一直以來重視秦王的命令，但是對於士兵們卻不甚重視。我曾聽說，有三個人謊稱老虎來了，大家就會恐慌。有十個人合力，就能折斷一根粗木。要是軍中的士兵都覺得這次的戰事之所以失利，是因為將軍指揮不當，這些消息不需要翅膀都可以傳播得很快。將軍請考慮一下我的意見，對士兵做適當的犒賞吧。」

但是王稽始終沒有接納莊的意見，沒過多久秦軍果然發生叛亂，並且都說是王稽指揮不當。至此戰事已經無法進行下去了，秦王極為惱怒，就處死了王稽。

不識時務

比喻不知利用時機以求通達，也用以形容不了解眼前狀況的愚笨態度。

「聞霸名行，欲與為交，霸逡巡不答，眾人笑其不識時務。」

《後漢書·張霸傳》

東漢的張霸是一個很有才學的文人，他七歲時就能通曉《春秋》。當時他和父母說希望能夠多讀點詩書，父母覺得他年紀還小，沒有能力學習這麼多。張霸就說讀書一事，多多益善。年紀輕輕就學問過人，使得張霸都很受鄉親們的尊敬。

因學識淵博，又孝順父母，張霸被舉為孝廉。為官後不久就任會稽太守，到了當地發現盜賊猖狂，大家都生活得人心惶惶。張霸見此情景也不動兵去圍剿賊人，反而懸賞招降，明用信賞。

張霸的政績斐然，於是官途可謂一路暢通，經過四次升遷被任命為侍中。但當時政權其實是由外戚鄧氏把持，虎賁中郎鄧騭（普 zhì 粵 zed[1]）是鄧皇后的兄長，地位顯赫，大家都爭相巴結鄧騭以換取晉升。鄧騭聽聞了張霸的事跡，很想結識他。但是張霸對此沒有好感，反而避開鄧騭。很多官場中人都笑張霸不識時務，升官發財的大好機會都白白放棄。

本來只由我此處取得東西，後來比喻任意索取，隨心所欲。

「唯我知女，女專利而不厭。予取予求，不女疵瑕也。」

《左傳·僖公七年》

予取予求

申侯是春秋時期的楚國人，楚文王在位時擔任大夫。但是申侯其人貪得無厭，在朝中結怨甚多，因楚文王的寵愛才無人敢懲罰申侯。而楚文王將死之前，特意召來申侯，給予他一塊美玉，並說：「我很清楚你的為人，你喜愛財物而不知足。你從我這裏拿取，向我索求，我絕不會加罪予你。只是我死後，你必定不能免於罪責。你最好趕快離開，而且謹記決不能去小國，他們定不會容納你。」

楚文王死後，申侯逃到鄭國，受到厲公的寵信。由此各個諸侯國在召陵召開盟會，盟會結束後陳國的轅濤塗不想齊國借道陳國返程。於是希望申侯可以幫助說服齊國令齊國經由東海回國。申侯本來同意了，但在轅濤塗向齊桓公提出這個意見後，申侯又突然反悔，對齊桓公說這樣會使齊國遇到夷人的襲擊。齊桓公一氣之下就將轅濤塗扣押，並將虎牢一地賜給申侯作為報答。

第二年諸侯舉辦首止之盟，鄭文公沒有如約赴會，齊桓公想藉機討伐鄭國。轅濤塗建議申侯應趁早加強虎牢的守衛，但另一方面就對鄭文公說申侯有謀反的舉動，鄭文公因此對申侯起了疑心。待齊國大軍包圍了鄭國時，鄭文公將所有責任都推給申侯，並殺申侯以討好齊桓公。楚國的子文聽到申侯的死訊，說道：「古語有云，最了解臣子的只有國君，這句話真的不假。」

分庭抗禮

「萬乘之主，千乘之君，見夫子未嘗不分庭抗禮。」

《莊子．漁父》

比喻平起平坐，彼此對等。

有次孔子與眾弟子來到杏壇，見到一位鬚髮皆白的漁夫。漁夫見是外人來，便問：「來者是誰？為何而來？」孔子的弟子子路一一作答。漁夫得知來者是孔子，又問到孔子以何「道」修心養德，另一位弟子子貢答：「我家先生忠信仁義，精通禮樂之術，他的一言一行對天下都是有利的。」

漁夫聽了子貢的話，詢問孔子的爵號。子貢回答：「先生既無封爵，也沒有參政。」漁夫笑道：「這樣説來仁則仁矣，但只怕是勞累身心，偏行仁愛，與我追求的道相差太遠。」一眾弟子覺得很奇怪，便把漁夫的話轉告給孔子。孔子聽後十分訝異，便快步追上漁夫，向他請教所謂的道。

漁夫見孔子真心求知，就回答：「眾人都有其位置，各盡其職，社會就能安定。但你上無君侯之職，下無臣子之份，卻打算獨修禮樂，企圖用禮樂感化天下。這不既是踰矩，又不自量力嗎？做人重在本性，違反了本性，做甚麼都不會成功。」説罷，漁夫就離去了。

漁夫走後，孔子惆悵良久才上車離去。子路在旁説：「我從未見過如此傲慢的漁夫。平日即便是天子諸侯，也要與老師你分庭抗禮，平起平坐。老師你也未曾對他們顯出謙卑，但今天你竟然對無名漁夫卑躬屈膝，實在讓人費解。」孔子説：「遇長者不敬是無禮，遇賢者不尊是不仁。剛才的漁夫是位高人，我又怎能不恭敬呢？」

分道揚鑣

比喻各人向各自不同的目標前進，互不相干。

「洛陽我之豐沛，自應分路揚鑣。」

《魏書・河間公齊傳》

元志是北魏的大臣，雖然才智過人但清高孤傲。一直以來恃着自己的才華，看不起才疏學淺的人，並常常出言不遜。

一次元志外出遊玩，在路上正巧碰上御史中尉李彪的馬車從對面飛快地駛來。照理來說元志的官職比李彪小，理應給李彪讓路。但元志一向看不起李彪，就偏不給他讓路。李彪見元志這樣狂妄，便怒火中燒，責問元志：「我乃堂堂御史中尉，官職遠在你之上，你憑甚麼不給我讓路？」元志振振有詞地說道：「我是這裏的地方官，而你只不過是洛陽的一個住戶而已。你來到這裏，就應該給我讓路，這樣才合理啊！」

他們兩人互不相讓，在路上爭吵不已，最後竟然鬧到要孝文帝解決紛爭。孝文帝聽了他們各自的說法，覺得兩人的話都有道理。但是又覺得這兩個人竟然為如此小事紛爭不已，實在十分可笑。於是說道：「你們都不要吵了，洛陽是我的京城。依我說，你們兩個就各走各路，在自己的道上揚鞭催馬就可以了。」

及瓜而代

原指到明年瓜熟時派人接替，後指任期滿後由他人繼任。

「齊侯使連稱，管至父戍葵丘。瓜時而往，曰：『及瓜而代』。」

《左傳・莊公八年》

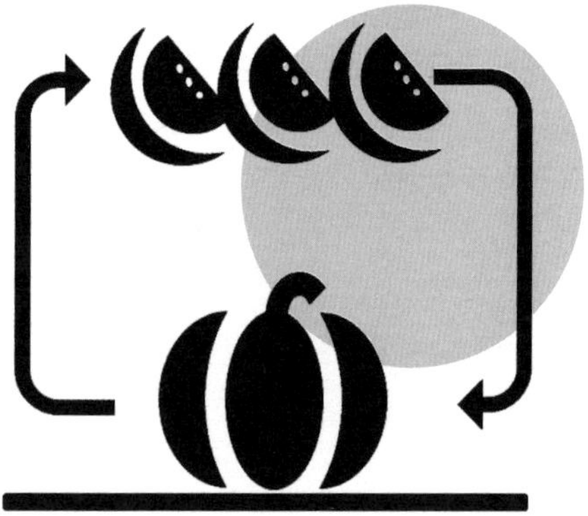

春秋初期齊襄公是齊國的第十四位國君，在位初期征伐四方，令齊國國力漸強。但是齊襄公其人卻是荒淫無道，殘害無辜。曾與自己的妹妹，即魯桓公夫人文姜通姦。見東窗事發便命手下彭生殺害魯桓公，此後齊襄公又下令處死彭生以向魯國交代。

如此種種惡行傳到周天子耳中，使其十分不滿。齊襄公害怕周莊王會因此興兵討伐，於是就派連稱作大將、管至父作副將鎮守葵丘，以防止任何突如其來的襲擊。但是駐守邊疆一事是件苦差，於是連稱和管至父請求：「還請大王為我們的駐守定個期限吧。」當時齊襄公正在吃甜瓜，於是就説：「好，待明年甜瓜成熟時，就會派人來接替。」

連稱和管至父聽了也很滿意，就前往駐守了。很快第二年的夏天就到了。但是當瓜都熟得爛掉了，也不見齊襄公也不派人去接防。即使有人提醒齊襄公此事，齊襄公也不管。兩個將軍對於齊襄公違背諾言十分憤怒，同時國內對於齊襄公的行徑也怨聲載道。於是兩位將軍就發動兵變，帶領部隊回到都城，衝進王宮。襄公在慌亂之中躲起來，後因為露出一隻腳被連稱、管至父等人逮殺。其後連稱等人就擁護了齊襄公的堂弟公孫無知即位。齊襄公因為自己不守信而招致禍端，也算是自作自受了。

天上沒有兩個太陽，原指一個國家不能同時有兩個國君。後來比喻凡事應該統一，不能有兩大並存。

「天無二日，土無二王。今高祖雖子，人主也；太公雖父，人臣也。」

《史記・高祖本紀》

天無二日

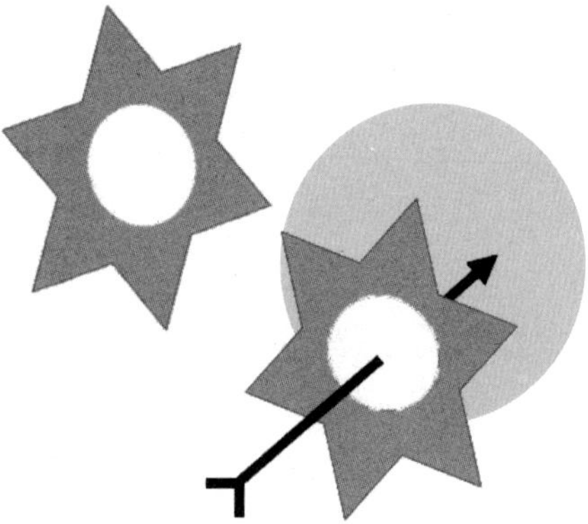

劉邦擊敗項羽，平定了天下，馬上按功行賞。先是封各個有功的將軍為諸侯，又追封自己去世的大哥為武哀侯。各個將軍諸侯都十分滿意，唯獨劉邦自己依舊沿用漢王這個稱號。

此時各個諸侯們都認為劉邦應改稱「皇帝」，但是劉邦卻一再推辭。他說道：「皇帝是極其賢能的人才配以享有的尊號，僅憑空言虛語並不能使我有如此的資格，我自問不能承擔皇帝這個尊號。」各個諸侯就說道：「大王本是布衣百姓，後來起兵伐秦，經過多年努力成功一統天下。現在對有功的人便分賞土地，封王稱侯。如果大王不改稱皇帝，天下的人就會不信任，我們願意以生命向大王請求。」劉邦再三退讓，最後見推辭不過就說道：「既然大家都認為這樣做對國家有好處，那我就答應了。」於是劉邦就在氾水之陽登基，定都洛陽。

次年，劉邦回到家鄉探望父親。劉邦對父親極為孝順，每五天就向父親叩拜一次。但是在一旁的家令官覺得不妥，於是偷偷對劉邦父親說道：「天無二日，土無二王，雖然皇帝是你的兒子，不過他是天下的君主啊。在他面前你也是臣子，要皇帝向臣子行禮，這絕對是不符禮法。」劉邦父親一聽，此後就不敢再讓兒子下跪，見到劉邦也低頭而行。劉邦覺得很奇怪，於是就問發生了甚麼事。得知家令官的說法，劉邦覺得很有道理，於是就尊父親為太上皇。

心懷叵測

比喻心中藏有不可猜度的陰險想法，或是懷有害人的計謀。

「曹操心懷叵測，叔父若往，恐遭其害。」
《三國演義・第五十七回》

赤壁大戰之後，曹操兵敗退回北方，三國鼎立之勢就此定下。但未幾，劉備就與孫權結成聯盟，準備合力討伐曹操。曹操得悉後十分擔心，於是就召集了手下的所有謀士，商討對策。

謀士荀攸說：「東吳的周瑜剛剛去世，我們大可以先擊敗孫權，然後才進攻劉備。」曹操覺得不失為好辦法，但是又問：「但若在南征時，西涼的馬騰趁機偷襲我們，我們不就會腹背受敵嗎？」荀攸說：「這確實是個危機，不過我們可以假借任命馬騰作征南大將軍為由，誘使他前來京城，然後再藉機剷除他，這樣我們就沒有後顧之憂了。」曹操聽後大喜，決定以此計劃行事。

當曹操的詔書，送達馬騰手上時，馬騰有些猶豫不決。馬超說：「曹操以天子之命下詔，不從的話，肯定會被視作逆賊。不如將計就計，前往擔任大將軍一職，再藉機剷除曹操這個逆賊。」此時馬騰的侄子奉勸道：「叔父千萬不要前往，曹操此人心懷叵測，恐怕此行兇多吉少。」

馬騰一番衡量後，決定留下馬超在西涼坐鎮，自己帶着五千兵馬前往京城。當馬騰快將到達京城前，與曹操的手下黃奎聯繫，打算密謀誅殺曹操。沒想到曹操早就料到他會有此舉，正當馬騰帶着兵馬打算見曹操時，曹操帶着手下三員大將重重包圍馬騰，並將其擊殺之。

以夷制夷

比喻利用外族之間的矛盾，使其互相攻克，削減力量；後來又指學習他人的長處以制衡他人。

「議者咸以羌胡相攻，縣官之利，以夷伐夷，不宜禁護。」

《後漢書・鄧訓傳》

東漢漢章帝時，羌人起兵作亂，朝廷得知這個消息時候就派鄧訓前往平亂。當時羌人的首領是迷唐，他決心要藉着這次的軍事行動擴大自己的勢力範圍。於是他先是在自己部落內徵集了一萬騎兵。其後又帶着這批騎兵挾逼附近的小部落月氏胡，要求他們加入這次對漢朝的叛亂。

而月氏胡雖然兵力不多，但一直以來和羌人的作戰都是勝多敗少。鄧訓的部下得知羌人帶大軍前往挾逼月氏胡，就十分期待他們之間會發生衝突，説道：「這次真是天助我也，羌人與月氏胡之間互相攻擊，這樣就會大大削弱他們的力量，我們就可以等着他們之間的滅亡了。」

殊不知鄧訓説：「邊境一直有衝突發生，是因為邊塞的百姓們不信服漢朝。若要使他們信服，那就要應該善待他們。如今迷唐率兵攻擊月氏胡，我們應該解救月氏胡的危機，救助他們的百姓。」於是就下令打開城門，讓月氏胡的老人、婦女、孩童進城避難。月氏胡的士兵見鄧訓如此照顧族中的親人，紛紛加入漢軍，一同討伐迷唐的軍隊。這次的叛亂很快就平息了，此後鄧訓一直對邊境的各個民族十分和善，使得在他管理的十數年間，邊境再無叛亂之事。

出人頭地

意思是超越他人，獨露頭角。

「老夫當避路，放他出一頭地也。」

《與梅聖俞書》

蘇軾是北宋著名的文學家，他自小就聰慧絕倫，二十歲時便進京考狀元。當年的主考官是翰林學士歐陽修，而歐陽修十分反感當時文壇的詭怪奇澀的文章。大凡見到這些文章，一律不會取錄。直到他看到《刑賞忠厚之至論》時，覺得這確是一篇好文章。但是細細閱讀一番，與自己學生曾鞏寫的文章風格十分相像。而試卷上又不能看到考生的名字，為了避嫌，歐陽修就將這篇文章列為第二。

後來，當歐陽修得知《刑賞忠厚之至論》不是他的弟子曾鞏寫的，而是初出茅廬的蘇軾所作時，他的心裏感到十分內疚，覺得自己的做法委屈了蘇軾。而且歐陽修看到蘇軾所作的其他文章，每篇都十分精彩，比起當時文壇上的其他人都要高出不少。於是在一次寫信予梅堯臣時，寫道：「讀軾書，不覺汗出，快哉快哉！老夫當避路，放他出一頭地也。」也就是說蘇軾確實是位人才，自己應該讓路予蘇軾，不應阻擋他的前程。

果然後來蘇軾在歐陽修的提拔下，成為北宋著名的政治家和文學家。

出爾反爾

原指你怎麼對別人，別人也怎麼報還你。後來多指做人處事反覆無常，言行自相矛盾。

「出乎爾者，反乎爾者也。」

《孟子・梁惠王下》

鄒國同魯國打仗，鄒國大敗。這使得鄒穆公十分氣惱，他歸咎於鄒國的老百姓不支持自己的長官，就向孟子請教應該如何處罰這些百姓。鄒穆公說：「在這次戰爭中，我損失了三十三名官吏。但是沒想到百姓看到自己的長官被殺，竟然坐視不理，這種行為實在太可惡了！要是不處死他們，實在難以解恨；但要是處死他們，他們人又太多無法全部殺掉。你說如何是好？」

孟子聽後就說：「我記得前幾年你們國家遭遇災害，不少民眾流離失所。山谷中有不少餓死的老人，而年輕人就背井離鄉，去外地尋覓生機。不少家庭妻離子散，大家都過得十分淒慘。但其實你們的糧倉是滿的，國庫也有不少盈餘。可是你們不但沒有開倉營救災民，反而依然過着花天酒地的生活。這難道不也是見死不救嗎？」

孟子繼續說：「正所謂『出乎爾者，反乎爾也』，你怎樣對待別人，別人也會怎樣對待你。如今百姓對你的手下見死不救，你又能怪責誰呢？如果國君關心百姓，百姓自然擁護國君，自然就會心甘情願地為國君出力，甚至犧牲他們的生命。」鄒穆公聽了孟子的話，默然不語，面帶愧色地退去了。

白色的長虹貫穿太陽，比喻不平常的事情。亦可形容義士抗擊暴君的壯舉。

「聶政之刺韓傀也，白虹貫日。」

《戰國策・魏策四》

白虹貫日

聶政是戰國時期著名的刺客，為躲避仇敵而隱居在齊國。其時嚴仲子在韓哀侯朝中任職，因舉報宰相俠累的過失，和宰相結下了怨仇。嚴仲子怕俠累報復，便到處訪求能刺殺俠累的人。當他得知聶政是個武藝甚高的人後，便前往登門拜訪。數次來往後嚴仲子突然取出黃金百兩獻給聶政母親，聶政當然明白嚴仲子的意思。但聶政說道：「我之所以要隱居在此，只是為了奉養母親。只要母親尚在，我不會隨便為其他人做事。」說罷，便推卻了嚴仲子的禮物。

一段時間後聶政的母親去世了，處理好喪事。聶政想起嚴仲子的託付，便主動前往淄陽見嚴仲子。聶政說道：「嚴仲子是卿相，卻對我十分禮遇。如今母親已經逝世，我也沒有後顧之憂。先生想要報仇的對象是誰？請讓我來處理此事吧！」嚴仲子便詳細地告訴他自己與韓相俠累的恩怨，並說可以派同壯士與聶政同行。聶政一口回絕，說道：「刺殺宰相絕不是易事，人員越多就越容易洩漏風聲。這樣韓國上下都會與嚴仲子結仇，還是讓我獨自解決問題吧。」

於是聶政帶着利刃前往俠累府中，韓相俠累正坐在大廳，四處都是手持兵器的侍衛。但聶政面無懼色直闖進去，刺殺了俠累。四處的人上前包圍，聶政奮力擊殺了數十人。但是衛士越來越多，聶政自知無法逃脫，怕被捉之後連累他人。就當場自毀容貌，切腹自盡。

危在旦夕

比喻危險會在很短時間內來臨，情況十分危急。

「今管亥暴亂，北海被圍，孤窮無援，危在旦夕。」

《三國志・太史慈傳》

太史慈是東漢末年的人，家境貧寒，不過自幼就十分機靈。當其時管理北海的宰相孔融得知太史慈的事情，覺得這個少年是個可造之才。於是就經常派人探訪太史慈一家，並送上糧食、錢財助他們生活之用。

而一次太史慈從外地遊歷歸來，其時正正爆發了黃巾之亂。太史慈的母親很緊張地對太史慈說到：「我聽說經常幫助我們的孔大人帶兵平亂，但是沒想到被包圍了，他多年來都對我們有恩，你趕快去援救他。」

太史慈馬不停蹄地趕到孔融所在的都昌，利用夜色的掩護潛進了城中。但是孔融覺得與逆賊交戰的勝算不大，說道：「現在敵人將我們包圍了，衝出去實在太危險了。希望能請來就在附近的劉備救援。」太史慈聽到這個計劃後自薦出城請救兵，「先生一直對我家有恩，如今得知先生有難，母親就派我前來。想必是母親認為我有這樣的能力，現在事情已經危在旦夕，先生就不要遲疑了。」

第二天早上太史慈就用計分散城外敵軍的注意力，順利地請來劉備解救圍城危機。

危如累卵

比喻情況十分危險，猶如堆起來的雞蛋，隨時都有倒下了的可能。

「其君之危，猶累卵也。」
《韓非子．十過》

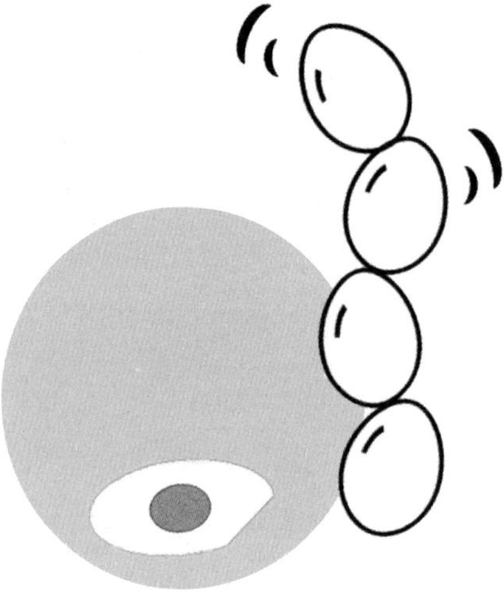

韓非子是法家的代表人物，在他的著作中有〈十過〉一篇，內容是舉出處理國事十種重要的過失：小忠、小利、行僻、好音、貪愎、耽於女樂、離內遠遊、不聽忠臣、內不量力、國小無禮。韓非子認為只要犯了這十種錯誤的其中一種，就很可能導致國家的滅亡。

其中最後一項國小無禮，就是明知道自己國家實力不強，還對別國無禮。韓非子説道，從前晉國公子重耳因為遭到驪姬之亂的牽涉，被逼在各國之間流亡。路經曹國時，曹共公接待了公子重耳，並提供住處。但是曹共公聽説重耳駢脅，也就是兩邊的肋骨是連在一起的。按耐不住好奇心的曹共公想趁重耳洗澡時跑去觀看。

於是曹國大臣叔瞻和釐負羈在一旁勸諫曹共公：「公子重耳如今雖在流亡，但他畢竟是晉國公子，不是平常人。將來也肯定有一番作為，如今大王的行為十分無禮，將來怕會令曹國遭殃。」曹共公沒有聽勸告，依然去看了。當時公子重耳因寄人籬下，雖然心懷怨念，但隱忍不發。之後當公子重耳登上了王位，三年後就出兵攻打曹國。

韓非子評論道：曹國是個夾在晉、楚之間的小國，曹國君主的處境就像疊起來的蛋，隨時有跌破的可能。但是曹共公卻依然如此無禮，難怪之後遭到亡國的命運。

各自爲政

比喻在團體中各人都按自己的主張辦事，不考慮大局。

「疇昔之羊，子為政，今日之事，我為政。」

《左傳・宣公二年》

鄭國與宋國之間一直不合，兩個國家之間常常發生戰爭。在魯宣公二年，兩國之間又發生了戰爭。這次鄭國奉楚國之命，攻打宋國。宋國派出華元、樂呂率領軍隊迎戰敵人，在交戰前，華元為了鼓舞士氣，於是下令宰殺羊隻，讓軍士們飽餐一頓。但是華元一時大意，在分食時忘了他的車夫羊斟的那一份。羊斟見華元分羊時竟然忘記了自己的那一份，覺得自己被忽視了，於是就暗暗懷恨在心。

次日，兩國正式交戰時，羊斟突然對華元說：「昨天分發羊肉的事，由你做主；但是今天駕車的事；就由我做主了。」之後他就直接把戰車駛進鄭軍陣地中，鄭國士兵一擁而上捉住了華元。主帥被捉使得宋國軍隊方寸大亂，因而被鄭國打敗了。

宋國打算用兵車一百輛、駿馬四百匹，向鄭國贖取華元。但是僅送去一半，華元就從鄭國逃回來了。華元回到城中，見到自己的車夫羊斟，於是問道：「在戰場上是因為馬匹不受駕馭才會這樣吧？」羊斟回答說：「不是馬，是人。」之後就逃亡至魯國了。當時的人都責罵羊斟，為了一己私怨故意使國家戰敗。這種存心不良的行為，簡直不是人所能夠做得出的。

比喻內部鬥爭，或者是內訌。

「子南知之，執戈逐之，及衝，擊之以戈。」

《左傳・昭公元年》

同室操戈

春秋時期，鄭人徐吾犯有個很漂亮的妹妹，鄭穆公的孫子公孫楚很是喜歡她，便與她訂婚。想不到公孫楚的堂兄公孫黑也看上這位姑娘，又派人送去聘禮。徐吾犯很是為難，於是就請教當時鄭國的宰相子產應該怎樣做。子產說，嫁予誰人應該由你的妹妹自己決定。於是徐吾犯約了公孫楚與公孫黑來自己家，讓妹妹選擇嫁給誰。

公孫黑當日打扮得十分華麗，帶着大量禮物前來拜訪。而公孫楚就穿着一身軍服，帶着兩把弓前來拜訪。徐吾犯的妹妹覺得公孫楚是個真正的男子漢，於是就覺得嫁給公孫楚。沒想到公孫黑不服這個結果，把皮甲穿在外衣裏面去見公孫楚，想要殺死他從而霸佔他的妻子。公孫楚知道他的企圖，於是就拿着戈去追趕他，兩人一直追趕至交叉路口，公孫楚就用戈擊傷公孫黑。公孫黑於是就四處和別人說：「我本懷着一番好意去見公孫楚，沒想到他居然擊傷我。」

由於兩位都是鄭穆公的孫子，一時之間大家議論紛紛。子產得知此事後，就說道：「確實兩人都有道理，但是我認為錯的是公孫楚。公孫黑是他的堂兄，又是國家的上大夫，拿着戈去攻擊他。這樣既是不尊重政令，也不尊重長者。不過公孫楚也罪不至死，所以將他流放至外地，不要讓他再留在此處了。」於是就將公孫楚，流放至吳國了。

多多益善

用以形容事情或人物等越多越好。

上曰：「於君何如？」曰：「臣多多而益善耳。」

《史記・淮陰侯列傳》

韓信是劉邦手下的一位良將，本來他是在項羽旗下的將領，但是一直以來得不到重用，於是便投靠劉邦。雖然劉邦也不重用韓信，但是在丞相蕭何的推薦下，韓信做了大將軍。韓信多年來為劉邦建立西漢立下了汗馬功勞，所以在劉邦稱帝後，韓信被封為楚王。

但是劉邦稱帝後，害怕旗下的功臣們威望太高，會覬覦自己的皇位，所以處處提防他們。有次劉邦接到密報，説韓信接納了項羽舊部鐘離昧的投降，正在準備謀反。於是劉邦採用了謀士陳平的計策，將韓信騙到行宮中逮捕，並押回洛陽。但回到洛陽後劉邦知道韓信並沒有策劃謀反，又想起以往韓信立下的戰功。於是就解除了韓信的兵權，又將其貶為淮陰侯。

韓信知道劉邦的所想，於是就常常稱病不去上朝，希望避開流言蜚語。但是一次，劉邦召韓信近宮中，要他評論一下現在各個武將的本領。韓信一一評論後，劉邦問：「那你覺得我能帶兵多少呢？」韓信説：「陛下能帶兵十萬吧。」劉邦接着問：「那你能夠帶多少呢？」韓信不假思索：「自然是越多越好。」劉邦笑着問：「既然你如此會帶兵，上次又怎會被我捉到呢？」韓信自知失言，便解釋：「陛下雖帶兵不多，但善於用將，所以我才會被陛下捉住啊！」

多行不義必自斃

經常行不義的事，最後必會自取滅亡。

「多行不義必自斃，子姑待之。」

《左傳・隱公元年》

春秋時期，鄭武公有兩個兒子。但是王后姜氏一直比較偏愛小兒子，希望能夠立小兒子為太子。但是這樣做有違禮法，鄭武公一直沒有同意。在鄭武公去世前，就立大兒子為繼任者，是為莊公。

但是姜氏一直希望小兒子能夠登上王位，莊公繼位後就就要求莊公將軍事要地給他弟弟共叔段管理。莊公不允。姜氏退而要求將京地給共叔段，莊公實在無法拒絕。於是共叔段得到京地後，便以此作為根據地，積蓄力量。

鄭國大夫祭仲見了這種情況便十分憂慮，就對莊公說要是情況再這樣下去，便無法控制共叔段了。莊公很是為難地說：「畢竟是母親要求，我實在無法拒絕啊。」祭仲說：「但是姜氏的野心實在無法滿足，若是任由他們肆意作為，之後就很難將他們除去了。」莊公答道：「我不擔心，他做這麼多不義的事，必然會自取滅亡。」

不久共叔段命令原屬於莊公管轄的西、北兩個地區改為由他管轄。莊公依然放任共叔段，沒有採取任何行動。沒多久，共叔段開始在那兩個地區製造兵器，招攬人馬，準備進攻鄭國的都城。而姜氏也在城中秘密與他接應，準備為他打開城門，讓他順利攻進城。但其實共叔段的陰謀，莊公一直都很清楚。他得知共叔段攻打國都的日子後，就立即派二百輛戰車包圍了共叔段控制的京地。京地裏的士兵見到是國君莊公的軍隊，很快就投降了。共叔段見大勢已去，便逃亡到國外了。

本來比喻軍隊強盛之貌，後多用以形容大規模的行動氣勢旺盛。

「萬人以為方陣，皆白裳、白旂、素甲、白羽之矰，望之如荼。……左軍亦如之，皆赤裳、赤旟、丹甲、朱羽之矰，望之如火。」

《國語・吳語》

如火如荼

吳王夫差在擊敗越國之後，舉國上下士氣高盛。吳王夫差決心繼承其父親的遺願，令吳國成為天下霸主。對內吳王夫差着重發展經濟，更舉全國之力開掘「邗溝」運河，貫通了江淮兩大水系。對外吳王夫差把握一切機會展示軍事實力，誓要令各個諸侯國臣服。在吳王夫差七年，齊景公去世，齊國內部各個勢力在爭奪王位。吳王夫差就趁機聯合魯、邾（普 zhú 粵 zü¹）、郯（普 tán 粵 tam⁴）等國興師北伐齊國。第一次的進攻未能成功，但夫差沒有退卻。三年後，夫差集合國內所有精兵，聯合魯國再一次攻擊齊國。這次聯軍擊敗了齊國的主力，逼使齊國與夫差定了城下之盟。

這次的勝利令各個諸侯國都大為震驚，魯國魯哀公與晉國晉定公約定吳王夫差，於黃池舉行了會盟大典。吳王夫差覺得是展示實力，爭奪盟主的絕好時機，於是就帶上精兵前往黃池。殊不知越王勾踐趁着吳王夫差前往會盟大典，發兵突襲吳國，消息很快就傳到吳王手上。此時吳王夫差的軍隊距離吳國兩千多里，要回防怕是來不及了。夫差很是惆悵，不知如何是好。

謀士王孫雒（普 luò 粵 log³）說道：「大王此時已經無路可退，只有在會盟大典上擊敗晉國，奪得盟主之位。這樣才能夠以凱旋之師的姿態，回擊越王勾踐。要是此時回國，只怕助長了越國的名聲，又使得民眾背棄我們啊。」於是當晚吳王夫差下令三軍穿戴上紅、白、黑三色的軍裝，排好陣列。在天明時，對着晉國軍隊發起挑戰。晉軍從遠處眺望，只見三種顏色，白色的像一大片茅草花，紅色的像一團火，黑色的像一片烏雲。晉軍大驚，無人敢出來應戰，將盟主之位拱手相讓予吳王夫差。

形容相互幫助，共同守衛。

「出入相友，守望相助，疾病相扶持，則百姓親睦。」

《孟子·滕文公上》

守望相助

如何令百姓安居樂業，是先秦時期很多思想家都關心的問題。其中儒家的代表人物孟子，就十分主張統治者用仁義之心管理國家。

有一次，滕文公就問孟子關於治國之道，孟子就説道：「要令民眾安居樂業，民風淳樸，最重要的就是要讓民眾有固定的財產，人們生活穩定才會有向善的心。窮困的人，因生活所逼就會犯罪，屆時用刑罰懲治犯罪的人，那就不是一個好的治國之道了。」

滕文公又問道如何令民眾生活穩定呢？於是孟子就向滕文公説道：「要令民眾安定地生活，首先就要從整治農田開始。如果民眾能夠有合理劃分的農地，就會令他們努力耕作，交税時也會心甘情願。而人們因為有了穩定的收入，就會願意留在同一個地方生活。再提供學習、養老等場所，就會使民眾不論生老病死，都不會離開本鄉。同鄉的人出入相隨，有了困難就相互幫助，遇到盜賊就共同守衛，有人生病也合力照料，彼此自然親近和睦，這樣國家就會安定了。」

安步當車

以慢步走代替坐車，寓意人悠閒自在，自得其樂。

「晚食以當肉，安步以當車，無罪以當貴。」

《戰國策・齊策四》

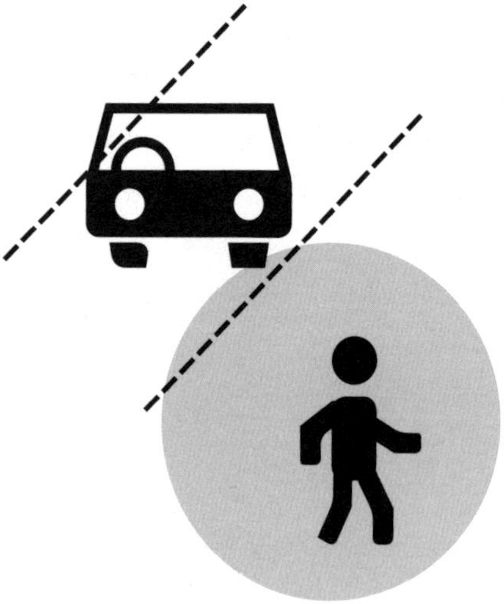

戰國時期的顏斶（普 chù 粵 cug1）是齊國有名的隱士，一次他受齊宣王的召見進宮。雖說是面聖，但顏斶泰然自若，並沒有絲毫的慌張。他在大殿上走到距離齊宣王一定位置就停下了，齊宣王覺得甚是奇怪，於是便叫顏斶前來。沒想到顏斶反而對齊宣王說道：「大王，走過來！」周遭的大臣嘩然，紛紛指責顏斶。此時顏斶說道：「若我主動走到大王面前，豈不是代表我羨慕他的權勢嗎？但如果大王走過來，反而說明他敬重賢人。」

齊宣王有些羞赧，反問道：「君王與士人，到底何人較為尊貴？」顏斶不假思索地說：「當然是士人更為尊貴，我聽聞從前秦國進攻齊國的時候，秦王曾經下令，誰敢在名士柳下惠墳墓五十步以內的地方砍柴，格殺勿論！但同時又下令誰能砍下齊王的腦袋，就封他為萬戶侯。由此看來，一個活着的君王還比不上死去的士人啊。」齊宣王一時之間無言以對，殿上的大臣說道：「大王擁有千輛戰車，一聲令下誰敢不服？而你不過是一介村野匹夫，竟然如此囂張！」顏斶駁斥道：「你們不知道聖君大禹本來也是村野匹夫嗎？但即便後來他貴為天子，仍舊十分尊重賢人，故此贏得大家的愛戴。我想凡是英明君主，沒有不求賢佐政的。」

齊宣王聽到顏斶的論辯十分佩服，想留下顏斶輔助自己，並保證以後一定會讓顏斶過上美好的生活。顏斶卻辭謝道：「深山的美玉一經加工，就失去了原有的自然樸素。士人亦然，一旦為官就會失去本來的自我。所以我情願每天晚點吃飯，也會像吃肉那樣香；慢慢地走路，也如乘車一般。平安度日，並不比權貴差。清靜地維持着自己良知，這比任何東西也好。」說罷，顏斶就離去了。

安期仙棗

用來指仙果或珍奇的果實，也用來形容求仙之事。

「臣嘗游海上，見安期生，食臣棗，大如瓜。」

《史記・孝武本紀》

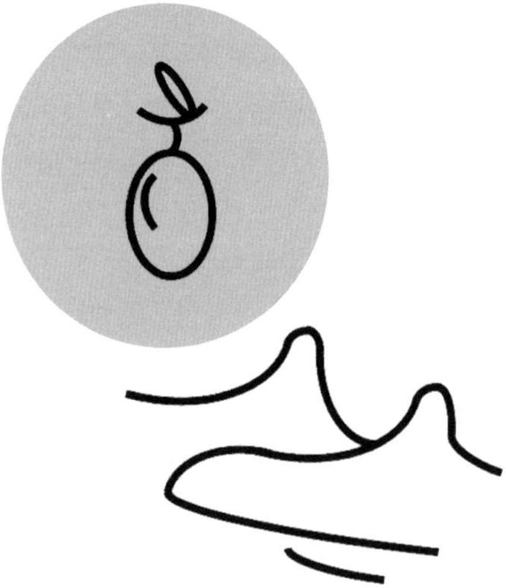

古人對求仙一事一直都很有興趣，有些有名的方士甚至能被記載於史書當中。在漢武帝時有一位聞名四方的方士名叫李少君，求仙、煉丹這些事他無所不精通，最有名之處就是他能夠說出很久之前發生的事。

一次武安侯舉辦宴席，並邀請了李少君，宴會上有位已經九十多歲的老人。李少君問過老人的姓名後，說道：「我曾經和你的祖父宴遊，當時你還是小朋友呢。」並說出了當時遊玩的地點，老人也想起了這件事，宴會中的人皆大為震驚。漢武帝聽說有這麼一位神奇的方士，於是便邀請他到宮中。正好漢武帝有一件古舊的青銅器，便請教李少君此為何物。李少君對漢武帝說：「我認得這銅器，齊桓公曾把它擺在自己的牀頭。」漢武帝聽李少君這麼一說，就細看銅器上刻的字，果然是春秋時齊國的銅器，大家就覺得更加驚奇了。

後來漢武帝請李少君到宮中閒談，詢問他的神奇經歷。李少君對漢武帝說：「都是因為我祭祀灶神，祭祀灶神後不但可以用丹砂煉成黃金，用這些黃金造成器皿吃飯，就可以延年益壽，更可以到蓬萊仙島尋訪仙人。」

「我就曾經去過蓬萊仙島，在那裏見過一位老神仙，名為安期先生。彼時我身患怪病，便藉此機會向安期先生叩頭，求他救我性命。安期先生給了我一勺『神樓散』，我吃下去病立刻就好了。後來，安期先生又給我一個仙棗吃，那個棗像瓜一般大。吃了這個棗子，我頓時覺得神清氣爽，直到現在也沒有生過病。」而「安期仙棗」一語，就是源自這位神奇的方士了。

事前做好準備，就能夠避免之後的災禍。

「居安思危。思則有備，有備無患。」
《左傳・襄公十一年》

有備無患

晉悼公繼承王位後，十分想重振晉國的威名。他很想像他的先祖晉文公一樣，稱霸諸侯，成為諸侯之間的盟主。當時晉國有位出色的政治家魏絳，為晉國的發展出謀劃策。有次晉悼公會盟諸侯，在閱兵典禮上悼公的弟弟揚干攪亂隊列。魏絳二話不説，殺了替揚干駕車的人。晉悼公因而大怒，覺得魏絳是在侮辱他的弟弟。魏絳解釋道：「軍隊最重要的就是軍紀，違反了軍紀的人必須嚴肅處置，這樣才能體現出大王的權威。」聽到這番話，晉悼公體會到魏絳的忠心，於是就升他為軍佐，朝政大事都會詢問魏絳的意見。

當時晉國的鄰國鄭國是一個小國，被包圍在數個國家當中。為了自保，鄭國一時和晉國結盟，一時又歸順楚國。晉悼公想懲罰這個搖擺不定的小國，於是集合了宋、魯、衛、劉等國的部隊出兵伐鄭。鄭簡公兵敗投降，給晉國送去大量禮物，以示求和。

晉悼公將一半禮物賞賜給魏絳，説：「魏絳，在你的幫助下我們戎狄和好；八年來九次召集各國諸侯會盟。現在鄭國送來這麼多禮物，你也一同享用吧！」魏絳説：「多年來，晉國欣欣向榮全賴大王的才能，我的貢獻實在微不足道。但是希望大王在享樂時，能夠考慮國家的未來。就如古語有説：『居安思危。思則有備，有備無患。』即便在安逸時，也要考慮未來的危險並做好準備，這樣等到危難真的降臨時，也不會造成大的損失了。」

江郎才盡

比喻才思減退，再也沒法回復昔日的才思敏捷。

「爾後為詩絕無美句，時人謂之才盡。」

《南史．江淹傳》

江淹是南北朝時著名的文學家，曾在宋、齊、梁三代為官。江淹自幼家貧，但是生性好學，很年輕的時候就在文壇享負盛名。特別是擅長各種詩體，作品風格幽深奇麗。同時也有不少文章廣為傳頌，名氣很大，世稱「江郎」。正因為學識甚高，就被朝廷招納，並備受重用。歷經宋、齊、梁三代，曾官至金紫光祿大夫，並封醴陵侯。但是在晚年的時候江淹的文章就不如年輕的時候精彩了，寫詩也寫不出佳句。當時世人見到，都說「江郎才盡了」。

其實江淹晚年高官厚祿，也事務繁重，何來時間能夠仔細琢磨詩文，自然很難寫出佳句了。但是關於江淹文采退步一事，後人就附會出一個很有趣的傳說。

據說有晚江淹寄宿禪靈寺，半夜夢見俊秀的男子走來對他說：「你還記得以前我曾留了一支筆給你嗎？今天我是想來取回的，請你還給我吧！」江淹向懷中一摸，果然有支筆，取出來一看，竟然是支閃過五彩光芒的筆。於是江淹就把筆交還給了那個人，但是就突然覺得自己彷似腹中一空。自此，想創作時就再也想不出絕妙的句子，就這樣作品的水準便每況愈下了。

形容射術精湛，能在百步之外的距離射穿指定的樹葉。

「去柳葉者百步而射之，百發百中。」

《戰國策．西周策》

百步穿楊

射箭是傳統武藝中重要的一環，擅長射箭的人在古代會備受尊崇。而春秋時期的養由基，就是一位聞名天下的神射手。史書上有不少關於他的傳奇故事，譬如一晚養由基獨自走在路上，突然見到前面好像伏着一隻老虎，馬上張弓搭箭，一箭射向老虎。過了一段時間，見老虎好像沒有動靜，便趨前查看，沒想到這只是一塊像老虎的石頭。但是剛才射出的箭竟沒入石頭當中，可見其臂力驚人。

而養由基最為人熟悉的故事，就是他百步之外射穿樹葉的故事。一次在楚國的練武場上，眾武士在比拼射箭。養由基本來站在一旁觀看，但有人請養由基示範射藝。養由基於是連發百箭，只不過目標並不是箭靶，而是遠處的一棵柳樹。見他左右手交替着發箭，仍舊每一箭都射穿了樹葉，圍觀的人都十分驚嘆。唯獨一個路人説道：「確實射得不錯，但是我仍可以教你射箭的方式。」養由基就不懂了，問道：「難道我還射得不夠好嗎？你還能射得更好？」路人説：「我確實不能教你如何精進射藝，但是你今天百發百中卻不懂休息，待你疲倦了，就會一箭也射不中。到時大家只會記得你無法命中目標，之前的百發百中就前功盡廢了。」

行將就木

「我二十五年矣，又如是而嫁，則就木焉。」

《左傳・僖公二十三年》

木，這裏指棺材。意思是指壽命已經不長，快要進棺材了。

重耳是晉獻公的大兒子，不過晉獻公寵愛妃子驪姬，凡事都聽驪姬所言。驪姬希望自己的兒子奚齊能夠立為太子，於是就買通朝中大臣，逼使太子申生、重耳和夷吾離開京城，駐守邊疆。但是驪姬還不滿足，設計謀害了太子申生，還陷害重耳和夷吾謀反。

晉獻公打算出兵攻打重耳所在的蒲城，蒲城上上下下都打算反抗昏庸的晉獻公。但是重耳制止了，說：「我是因父親的庇蔭才享有這片封地，如今有了百姓支持就起兵對抗父君是絕大的罪過，還是逃走以避免災禍吧！」於是就重耳就帶着賢士趙衰、狐偃等人出逃至狄國。當時狄國正在攻打一處叫做廧咎如的部落，俘獲了該部落首長的兩個女兒叔隗和季隗，並把她們獻給重耳。重耳把叔隗賜給趙衰做妻子，自己就娶了季隗，生下伯儵（㊟ tiáo ㊖ yeo⁴）和叔劉。

一行人在狄國逗留了十二年，晉國的形勢越發混亂，新繼位的君主晉惠公派出殺手追殺重耳。重耳想去齊國避難，於是就對妻子季隗說：「等我二十五年吧，若我不回來，你便改嫁。」季隗回答：「夫君，今年我已經二十五歲了。再等多二十五年，便差不多要進棺材了，還談甚麼改嫁。還是讓我等你回來吧！」

雖然沒有殺人，但是要對被殺的人負上一定的責任。

「吾雖不殺伯仁，伯仁由我而死。」

《資治通鑒》

伯仁由我

東晉時期，王導和王敦這對堂兄弟是協助建立東晉的功臣。當時王導任宰相，王敦任鎮東大將軍。但是王敦不甘於只是做一方的大將軍，一直覬覦着皇位。未幾王敦在荊州起兵，以討伐劉隗為名，直指都城建康，亦即今天的南京。

這是大逆不道的叛亂，身為宰相的王導沒想到自己的堂弟竟會如此做。於是每天帶着二十多名宗親，到皇宮門外向皇帝請罪，並希望澄清自己並不知情。一次王導看見周顗（普 yǐ 粵 ngei5）正要入宮，周顗在朝廷頗有地位，於是王導便請求周顗為他向皇帝澄清。周顗當時不發一言，但是在見到晉元帝時就向皇帝表示，他相信這次的叛亂與王導並無關係。希望晉元帝不要處罰王導，晉元帝聽周顗亦是如此說，遂放過了王導。當晚周顗在皇宮喝醉了酒，出宮時見到王導沒有任何反應就走了。

後來王敦的軍隊攻入建康西邊的軍事要地——石頭城，晉元帝逼於無奈只好求和。王敦藉機清除朝中和他作對的人，其中周顗就是其中一個目標。王敦問道王導：「周顗是否能為我們所用？」王導沒有做聲。於是王敦就下令處死周顗。

後來王導在整理朝廷文書時，發現原來當時周顗曾為他極力在晉元帝面前解釋，才使得晉元帝放過了他。這件事情，王導當初並不知道，並一直以為周顗並沒有幫助他。但當他知道的時候，周顗已經被殺。他不禁痛哭流涕，悔恨地說道：「我雖不殺伯仁，伯仁因我而死！」

作壁上觀

比喻坐觀成敗，不幫助任何一方。

「及楚擊秦，諸將皆從壁上觀。」

《史記‧項羽本紀》

秦末時期，天下各地都有起義軍，當中以楚人的聲勢最為強大。楚國貴族項梁、項羽等人擁立楚後懷王，號召楚人起兵反秦。但是當時秦國也有一位名將章邯，他率領着由驪山刑徒組成的新軍，接連擊破各個起義軍，甚至連項羽的伯父項梁都被他擊敗，死於定陶。

楚後懷王被秦軍的攻勢逼得遷都至彭城，唯有號召各路將軍反攻秦軍。項羽得令後本想率領部隊直攻關中，攻破秦軍的都城，但卻被安排跟隨宋義前往鉅鹿營救被秦軍圍攻的趙國。沒想到宋義到達安陽後停止前進，希望等待趙軍消耗秦軍實力後再出兵。項羽數次催促出兵，宋義都不加理會。項羽一氣之下殺了宋義，奪取了兵權，親自率領軍隊對抗秦國的主力部隊。

當時項羽只帶領着五萬將士，但是集結在鉅鹿的秦國軍隊有五十萬，軍中還有秦國的兩位名將王離、章邯。於是項羽先派出兩萬楚軍渡過漳河，偷襲秦軍糧道，逼使章邯前往解救。同時項羽隨後率領其餘楚軍渡河，渡河後做出破釜沉舟之舉，自斷退路。面對着四十萬秦軍，在附近的楚人援兵無一敢出營支援，只敢躲在營中觀戰。最後項羽九戰九勝，大破秦軍四十萬。此戰擊破了秦軍主力，使其再無反擊的能力。各個諸侯見此戰績都大為震驚，在項羽轅門召見時，諸侯全部膝行而前，莫敢仰視。

用兵作戰時無限制地使用計謀迷惑敵方。

「戰陣之間，不厭詐偽。」

《韓非子・難一》

兵不厭詐

公元前633年，楚國出兵攻打宋國，宋國馬上向晉國求救。晉國沒有直接出兵援救宋國，反而直接攻佔了楚國的盟國曹國和衛國。楚國被此舉激怒了，撤掉對宋國的包圍，聯合陳國、蔡國的軍隊，直接與晉國決戰。

正當雙方大軍在城濮對峙之際，晉文公感到十分苦惱。因為當晉文公尚未登基時，曾經因為被迫害而流浪於各國避難。當時他逃到楚國，受到楚成王的款待。楚成王問他以後會怎樣報答，晉文公說：「金銀珠寶，大王你也應有盡有。如果以後我能回國執政，又遇到兩國發生戰爭。我會主動將我的軍隊撤退三十里。」如今兩軍對峙，晉文公為實現當年的諾言主動將軍隊後撤三十里，但是楚軍依然未有和談的表示。

於是晉文公就請教自己的舅父子犯，應當如何是好。子犯說：「講究仁義的君子，會讓自己做到忠信禮義；但是在戰爭之時，也不會排斥欺詐虛偽。主公何不用欺詐的方法取勝？」晉文公聽從子犯的策略，先是擊潰了由陳、蔡軍隊組成的聯軍右翼，然後假裝戰事失利，讓主力撤退。楚軍以為是乘勝狙擊的好時機，就發動左翼追趕。殊不知前方有晉國伏兵，前後夾擊楚軍左翼。楚國中軍被阻擋在戰場之外，無法援救。看着左右兩翼戰敗，唯有投降。

別無長物

長物原是指多餘的東西，也就是比喻身上沒有多餘的東西；後來比喻生活貧窮。

「王恭對曰：『丈人不識恭，恭作人無長物。』」

《世說新語・德行》

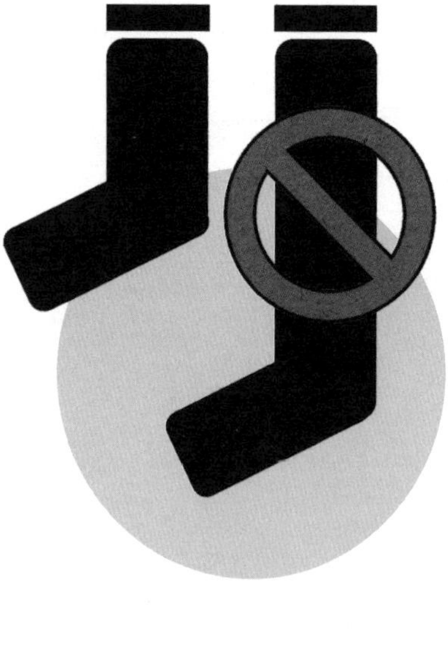

王恭是東晉孝武帝皇后王法慧的兄長、晉朝名士王濛的孫子，家世顯赫。年輕的時候就曾擔任過中書令、太子詹事等職位。性格十分正直，很受孝武帝器重。

一次王恭前往會稽處理公務，回到都城後親戚王忱前往探望。王恭見到王忱來訪十分高興，於是就鋪開竹蓆，備好茶點，兩人就地而坐暢談達旦。王忱離去前看了看竹蓆，覺得十分精美，又想起王恭剛從會稽回來。會稽是個盛產竹子的地方，想必王恭帶來很多竹蓆回來。於是王忱就問王恭能否送這張竹蓆給他，王恭很爽快地答應了，隨後就派人將竹蓆送去給王忱了。

過了一段時間，王忱再次來訪，但是這次他見到王恭鋪開的是草蓆而非竹蓆，覺得十分驚訝。於是王忱就問：「你不是剛從會稽回來嗎？怎麼你坐的是草蓆？」王恭答道：「其實我就帶了一張竹蓆回來。」王忱聽後覺得很不好意思，原來自己是把王恭唯一的竹蓆拿走了，抱歉地說：「我本來以為你有幾張竹蓆，於是才問你要了那張竹蓆。」王恭笑說：「你太不了解我了，我在生活上沒甚麼追求，從來沒有多餘的東西。」

宋襄之仁

比喻對敵人仁慈的愚笨行為。

「寡人雖亡國之餘，不鼓不成列。」
《左傳・僖公二十二年》

春秋時期，宋襄公因為爭奪諸侯國盟主不成，而遷怒鄭國。鄭國國君得知宋襄公要發兵攻打鄭國十分緊張，於是請求楚國的協助。楚成王得知此事後，說：「鄭國就像我們的兒子，我們決不能見死不救。」此時朝中大臣說道，若是要解救鄭國的危機，最好是趁現在攻打宋國，這就可以迫使宋軍要回國防守。

宋襄公得知楚軍想攻打宋國，於是就班師回防。宋國司馬對宋襄公說：「楚國出兵不過是為了救鄭國，我們只要和雙方議和就不用交戰了。」宋襄公說：「若我害怕與楚軍交戰，我又怎樣成就霸業呢？」司馬又說：「楚軍兵利甲堅，恐怕很難戰勝。」宋襄公說：「楚兵雖然厲害，但不是仁義之師；我們兵力不強，但重視仁義。我們又怎會輸呢？」於是就約定楚軍，在泓水以北決一勝負。

決戰當日一早宋軍已擺好陣勢，當楚軍還在渡河時，司馬對宋襄公說：「就趁現在發起攻擊吧。」宋襄公說：「不可。」楚軍過河後，正在排出陣型，司馬又請求攻擊。宋公說：「還不行。」等到楚軍成列後宋軍才發起攻擊，宋軍大敗了。舉國上下都認為這次的失敗，宋襄公要負起責任。宋襄公對身邊的人說：「君子不攻擊受傷的人，不俘虜老人。古人打戰時，不會在險隘處狙殺敵人。我雖然是亡國的後代，還不至於攻打還沒列陣的敵人。」這種盲目講求仁義的做法，後來就被稱作「宋襄公之仁」。

尾大不掉

本來比喻部下的勢力十分強大，不易控制。後來比喻機構架構複雜，難以調度。

「末大必折，尾大不掉，君所知也。」

《左傳·昭公十一年》

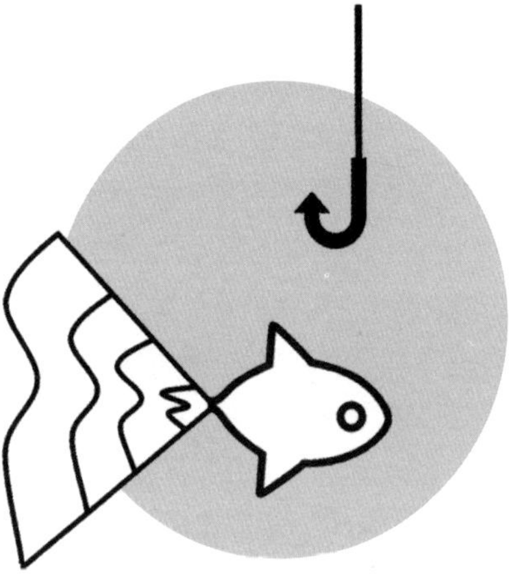

魯昭公十一年的冬天，楚靈王出兵滅了蔡國，打算在陳、蔡、不羹三個地方修築城池，同時打算派自己的弟弟棄疾去管理蔡國。對此楚靈王詢問大臣申無宇的意見，以了解派棄疾管理蔡地是否合適。

申無宇説道：「父親是最了解兒子的人，選擇大臣也沒有人比君主更適合，但是設立封地一事一定要小心。從前鄭國設有櫟城，但是櫟人傳瑕使鄭莊公長子丟掉了君位。齊國設有渠丘城，但後來齊國渠丘的邑主殺了公孫無知。我聽説越是親近的人越是要留在身邊，而在朝中依附着權勢的人就應該派往外地。現在主公派你的弟弟外出管理封地，一定要好好想清楚啊！」

楚靈王説道：「我們國都有着高大的圍牆，不怕任何叛亂吧！」申無宇就説道：「衛國蒲城、戚城的邑主驅逐了國君衛獻公；宋國蕭城、蒙城的邑主殺害了宋昭公，這些都是有所記載的歷史。正所謂樹枝過長容易折斷，尾巴太大就難以擺動。過於強大的封地肯定對國都有害，主公不得不提防啊！」楚靈王沒有接受申無宇的意見，仍決意讓自己弟弟擔任蔡公，管理蔡國封地。後來蔡公棄疾果然趁着楚靈王外出征戰時，殺害了楚靈王的兩個王子，另立新君。同時策反了楚靈王的軍隊，逼得楚靈王自縊身亡。

表示所說的話並不是發自內心，形容言語與心意相違背。

「周、鄭交惡。君子曰：『信不由中，質無益也。』」

《左傳·隱公三年》

言不由衷

宜臼原本是周幽王所立的太子，但因為周幽王寵幸褒姒，曾廢除宜臼的太子身份。直到後來周幽王被殺，諸侯擁立宜臼為王，是為周平王。同時在晉國和鄭國的支持下遷都雒邑，是為東周。

但是周平王的性格軟弱，同時也曾因為鄭國的大力幫助方可建立新都，故很長的一段時間政權都受制於鄭武公和其子鄭莊公手中。周平王對此感到十分不安，想將部分政務轉交虢公處理。鄭莊公得知後馬上前往質問，周平王懾於莊公的權勢，唯有否認。為了令鄭莊公放心，周平王表示可以與鄭國交換人質以示誠信。未幾周平王逝世後，周桓王繼位。不像父親那般軟弱，周桓王便將政務轉移到虢公手裏。鄭莊公知道後極為憤怒，於是派兵奪取了周朝兩座城池的農作物以示報復，自此周、鄭兩國交惡。

史家對這件事評論道：「如果承諾不是發自於內心，即使強留人質作為抵押，仍然無法保證彼此能信守約定。」不過如果行事能秉持忠恕之道，遵循禮法，就算沒有抵押物，雙方都不會破壞盟約。

不要用舊有的目光看待別人，
要看到別人的進步之處。

「士別三日，即更刮目相看。」

《三國志．呂蒙傳》

刮目相看

呂蒙是東吳的一員大將，作戰十分英勇，立下過不少戰功。孫權繼位後屢屢重用呂蒙，先是提拔呂蒙做了平北都尉。其後孫權派呂蒙為先鋒，率兵攻打黃祖，以報殺父之仇。呂蒙擊敗了黃祖，勝利回師後，被提升為橫野中郎將。

不過呂蒙有個短處，就是識字不多。因為呂蒙自幼家貧，沒有讀過書，所以他帶兵出征需要向孫權報告軍情時，只能讓傳令兵帶口信給孫權，十分不方便。一天，孫權對呂蒙和蔣欽說：「兩位將軍一直征戰沙場，也沒有時間讀書。但現在做了將軍，就應該多點讀書啊。」呂蒙答道：「但是軍中事務十分繁忙啊！」孫權說：「我並不是要你做一個研究經書的博士，只是希望你能多看看書，了解一下過去的事情。你說你忙，你再怎麼忙也及不上我吧。但是我就算公務再繁忙，也會每天堅持閱讀。」語畢，他給呂蒙列出了一個詳細的書單。在孫權的啟發和鼓勵下，呂蒙開始發奮讀書。

而魯肅是呂蒙的舊識，一直以來都覺得呂蒙武功雖高，但欠缺文化。一次，魯肅路過呂蒙的駐防地，便找呂蒙飲酒聊天。席間談到吳國、蜀國之間的形勢。呂蒙就向魯肅陳述了自己的看法，魯肅聽後十分佩服說：「一直以為你只有武功高強，未料今天聽君一席話，原來也是飽學之士啊！」呂蒙笑說：「士別三日，理當另眼相看，況且你我相別，遠遠超過三日，怎麼知道我有多大變化呢？」

孤注一擲

比喻在危急時用盡所有力量做最後一次冒險。

「博者輸錢欲盡，乃罄所有出之，謂之孤注。」

《宋史·寇准傳》

北宋時，遼國南侵，宋朝舉國上下都十分緊張。特別是在澶（普 chán 粵 sin4）州一地，遼國集合了自己的主力部隊進行三面包圍，宋將李繼隆死守澶州城門。此時宋真宗頒下詔書，令各路人馬儘速會師澶州，與遼國決一死戰。

此戰事關重大，宰相寇準力勸宋真宗親征，以鼓勵前方將士。宋真宗明白此戰的重要性，啟程前往澶州。而在兩軍對峙期間，宋軍守將張瓌（普 guī 粵 guei1）在前線以巨弩射殺遼國大將蕭撻凜，遼軍士氣大挫。各路宋軍收到詔令後紛紛趕赴澶州，準備好與遼軍作戰。此時宋真宗抵達澶州，在一眾朝臣的陪同下，登上澶州北城的城樓。面對着遼國的軍隊，宋真宗下令舉起黃龍大旗。所有宋軍看見皇上御駕出征，士氣為之大振。見大勢已去，遼軍就提出議和。於是雙方訂下「澶淵之盟」，令兩國之間得以和平相處。

然而事後另一位宰相王欽若，對於寇準佔去了和約最大功勞，十分不服。於是就和宋真宗説：「寇準勸皇上親征，是把皇上當賭注，孤注一擲。」宋真宗回想起在澶州的情景，確實也覺得寇準此舉十分危險。於是就罷免他的宰相職務，貶為刑部尚書，調任陝州知州。

用錯誤的方法解決問題，只會令問題越發嚴重。

「以地事秦，譬猶抱薪而救火也。」

《戰國策・魏策三》

抱薪救火

戰國時期，各個諸侯國之間的戰爭越發激烈。在公元前 273 年，魏國與趙國聯手，合力進攻韓國的重要城邑華陽。秦國派出白起前往救援韓國。一舉打敗魏趙聯軍，魏國損失十三萬名將士。在戰後的第二年魏國打算派將軍段干崇為代表，以割地方式與秦國講和。段干崇建議魏安釐王把南陽割給秦國，換取罷兵議和。

謀士孫臣極力反對這種妥協策略，他向魏王進言道：「大王，難道你沒有發現在這個時候才談議和是一件很奇怪的事嗎？不在戰爭結束後議和，反而過了一年才商量。這明顯是大王身邊的臣子對和談懷有私心，但是大王沒有發現啊。而且秦國想要的就是土地，將土地割讓給秦國，雖然暫時滿足了秦王的野心，但秦國的慾望是並不止於此。以割地作為議和的手段，只會使魏國滅亡啊。」

孫臣繼續說：「就好像從前有一個人，他的房子着火了，別人都叫他快去找水去澆滅大火。但他不聽，反而抱來柴草去救火。只要柴草沒燒盡，火就不會滅啊。大王的土地是有限的，但是秦國的索求是無窮的。割地以求和，不就正是以柴草救火一般嗎？」

比喻從根本上解決問題。

「若抽薪止沸，剪草除根，壺首囊頭，叉手械足。」
《為侯景叛移梁朝文》

抽薪止沸

侯景是五代十國時期一位很有野心的將軍，北魏晚期朝政越發昏暗，侯景便加入了起義軍。最終北魏被推翻，分裂成東魏及西魏兩個國家。而東魏的實際掌權者是高歡，侯景就是他的得力助手。當時東魏、西魏，南梁幾個國家互相對峙，隨時都會爆發戰爭，侯景主動請求鎮守河南。但其實高歡看出侯景絕不甘心屈居別人之下，他並不信任侯景。但礙於局勢所逼，他交給侯景十萬軍隊，讓他鎮守河南。在私下高歡對兒子高澄説一定要提防侯景，絕對不可以鬆懈。

未幾高歡患上重病，高澄打算在父死前奪回兵權。侯景完全沒有將高澄放在眼內，得知高歡病重就密謀作反。先是將河南十三個州獻給西魏打算換取對方支持，沒想到對方完全沒有領情。此時侯景騎虎難下，改向南梁投降，梁武帝派兵支援。高澄見此，命中書侍郎魏收寫一篇譴責侯景的繳書，廣布天下。魏收很快就寫好《為侯景叛移梁朝文》，文中陳列了侯景的各種罪行。文中最後指罵侯景是狼心狐魅之徒，就算歸順南梁又豈會真誠以待。要徹底解決問題，剪草除根就只有斷絕對侯景的幫助，讓東魏懲處他。

梁武帝看了不以為然，照樣出兵幫助侯景。隨後東魏派出軍隊擊敗了侯景，侯景帶着殘餘部隊逃亡南梁。但不出魏收所料，第二年侯景就在南梁舉兵叛變，攻破梁朝京都建康。不久侯景更自立為帝，只可惜天道輪迴，未過多久侯景就被部下殺死。

明察秋毫

比喻目光敏銳，能夠洞察一切，看出極為細微的地方。

「明足以察秋毫之末，而不見輿薪。」

《孟子．梁惠王上》

孟子是戰國時期，儒家的代表人物，他經常周遊列國宣揚仁義思想。有一次齊宣王與孟子閒談，齊宣王問道齊桓公和晉文公稱霸的事跡。孟子答道：「孔子的學生不懂得如何以武力稱霸，但若是大王有興趣，我可以講講王道一事。」

齊宣王就很有興趣了，問道那怎樣可以一統天下呢？孟子答道：「只要有同情心就可以了。」齊宣王就答道：「就是如此簡單？」孟子就説：「我曾聽説有一次大王見到有人牽着一頭牛經過大殿，大王問道這頭牛是用來做甚麼的。聽到牛將會被殺掉取血用來祭祀，大王就叫人還是不要用牛來祭祀吧。」齊宣王説：「確實如此，很多人都以為我是吝嗇。其實我只是見到牛害怕的樣子不忍心罷了。」

孟子説道：「這就是所謂的仁慈之心了，因為不忍心看見動物受苦而救下他們。那麼我又要問問大王，要是有人跟大王説我能舉起三千斤的重物，卻拿不起一根羽毛；能夠看得清動物在秋天新長出來的毫毛，卻看不見眼前的一車柴火，你會相信嗎？」齊宣王答道：「當然不會。」孟子緊接着説：「那麼為何大王能夠對待動物有仁慈之心，而對百姓卻做不到呢？要是大王也能體察民眾的痛苦，那麼我想天下的人都願意臣服大王。」

杯弓蛇影

誤以為倒映在杯中的弓影是蛇，意為疑神疑鬼，妄自驚擾。

「時北壁上有懸赤弩，照於杯，形如虵（普 shá 粵 sé^{4}）。」

《風俗通義・怪神》

應郴（㊟ chēn ㊟ sem¹）是東漢時期汲（㊟ já ㊟ keb¹）縣的縣令，一次他邀請縣府中的主簿杜宣到家中做客。為此應郴準備了一桌豐盛的宴席，打算與杜宣歡懷暢飲一番。而應郴平日喜好打獵，家中客廳的北牆掛着一張紅色的弓。宴席當天杜宣所坐的位置，酒杯正好倒映着那張紅色的弓，看上去就像是杯中有條紅色的小蛇。但是由於是縣令特意設宴款待，又不能失禮。所以雖然杜宣感到十分厭惡，但也只好把酒喝下去。

可是當天晚上開始，杜宣就覺得胸腹疼痛，茶飯不思。家人見此便到處求醫，但是沒有一個醫生能夠治好杜宣的病。應郴聽到杜宣病了，便前往探望。應郴問杜宣為何患上如此疾病？杜宣才吞吞吐吐地說：「當晚我喝酒的時候，酒杯中有條蛇。」應郴苦思不得其解，為何酒杯中會有條蛇？回到家中，突然看見掛在牆上的弓，才恍然大悟。杜宣一定是誤以為弓的倒影是蛇了。

於是，應郴就派縣府的差役把杜宣接來，在上次宴席的地方重新準備了酒，然後請杜宣坐在上次的位置。杜宣一看，杯中又出現了小蛇。此時應郴說道：「其實這不是蛇，這是掛在牆上的弓的影子。」說罷便取下了弓，果然杯中的小蛇不見了。杜宣見此，知道是自己的誤會，怪病就不藥而愈了。

東山再起

原指退隱後在重新擔任要職，
現比喻失勢後重新恢復地位

「卿累違朝旨，高臥東山，
諸人每相與言，安石不肯出」
《晉書．謝安傳》

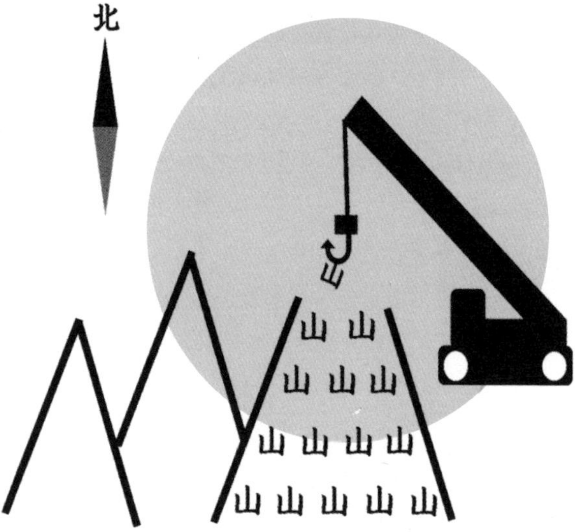

東晉時期謝氏一族是名門望族，多年來族中有不少人為官。太常卿謝裒（普 póu 粵 peo⁴）的兒子謝安，相貌秀麗，尤其擅長行書。年輕時就因其才學，聞名於文壇中。司徒府曾聘請他擔任著作郎，負責編撰國史的工作。但是才就任不久，謝安就覺得這份工作十分沉悶，就便藉口有病辭去官職。

辭職後謝安隱居在會稽的東山，與王羲之、許詢等名士遊山玩水。本以為可以過上隱士生活，沒想到揚州刺史庾冰慕名謝安的才識，多次請他出來做官。謝安勉為其難赴任，一個多月後又告退了。不久吏部尚書范汪，又向朝廷推薦謝安擔任吏部郎。朝廷又多次派人召謝安就任，謝安再次推卻這份差事。

多年來謝安一直周遊山水之間，但是其名聲不減反增，朝廷中有不少人都對他不肯出仕感到可惜。當時的宰相簡文帝說：「我聽聞謝安喜愛與人同樂，想必也能與人同憂。過段時間再徵召他，相信他會答應。」

果然在謝安四十多歲時，家中本來擔任官職的成員紛紛遭遇不幸。謝安對此感到十分不安，此時大司馬桓溫邀請謝安擔任當幕僚，謝安就答應下來了。當時中丞高崧得悉這個消息，就取笑謝安：「先生屢屢不肯出仕，隱居東山。多次勸你擔任官職，你又總是拒絕。這次你終於出仕，你怎樣向百姓交代啊。」

東家之丘

比喻聖賢未被世人認識。

「君謂僕以鄭為東家丘，
君以僕為西家愚夫邪？」
《三國志・邴原傳》

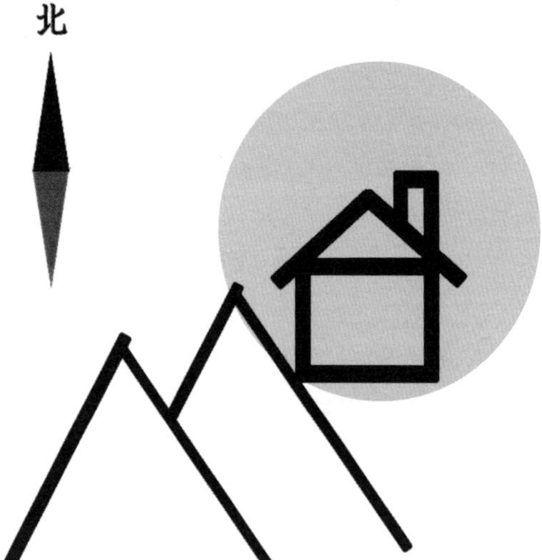

東漢有位學者名叫邴（㊟ bǐng ㊟ bing[2]）原，十一歲的時候因為父親去世，家境一落千丈。有次他經過一家書舍，不禁落淚。教書先生見到就十分好奇，問道為何而哭。邴原答：「貧窮、孤獨的人都特別容易悲傷，我見到在書舍中讀書的人，想必他們是有父親的。既是羨慕他們父親尚在，又是羨慕他們能夠讀書。」先生説你也可以讀書啊。邴原説家中並沒有多餘的錢能供他讀書。先生被他的求學精神感動，於是就決定供他讀書。

兩年過去後，邴原已經讀了頗多的詩書。決心要外出訪求名師，進一步的學習。於是他來到安丘縣，找到當地有名的學者孫崧，希望能夠拜師學習。孫崧説：「你所在的縣，就有一位大學者鄭玄，當代的學者都以他為模範。你不去拜他為師，反而來找我。豈不是像當年孔子的鄰居，不認識孔子，只知道是東家那個叫『丘』的人。」

邴原答：「我明白先生的話，也知道鄭玄這位學者。只是各人對於學識的追求是不一樣的。有人喜歡登山，有人喜歡潛水。但不能説登山者不知海之深啊！你説我將鄭玄看成東家之丘，難道我就是西家的愚夫嗎？」孫崧聽完這番話，説：「你的志向很高，恐怕我也沒能力教導你甚麼啊！」

通常用於比喻厲害的婦人，也暗指害怕妻子的男人。

「忽聞河東獅子吼，拄杖落手心茫然。」

《容齋隨筆・陳季常》

河東獅吼

陳慥（普 zào 粵 cou^{3}），字季常，又號「龍丘先生」，是北宋時期的眉州人。生性豪爽，喜歡結交朋友，大文學家蘇軾在黃州就任時，結識了陳季常，並成為了好朋友。陳季常興趣廣泛，年輕時十分喜愛擊劍，也常常與俠客們來往，自稱是當世豪傑。也信佛，飽參禪學，喜愛與朋友大談佛理。正因為喜愛結交朋友，陳季常常常在家中宴請客人。在宴會上經常會請歌姬獻唱助興，又會準備美酒食物和招待朋友。

但是陳季常的妻子，柳氏對於這些宴會十分不滿。一來十分吵鬧，又覺得經常請歌姬來家中表演十分不好。不過身為妻子又不好意思趕走宴會上的客人，於是，每次宴會的時候，柳氏都會在客廳旁邊的房間故意弄出聲響，或者用棍子敲打牆壁。一直吵吵鬧鬧，直到所有客人都被趕走為止。一次在宴會時，柳氏又在旁邊的房間抗議。突然，柳氏大力敲打牆壁，嚇得陳季常手中的拄杖都掉地上了。蘇軾見此情景，寫了一首詩來揶揄陳季常。

龍丘居士亦可憐，談空說有夜不眠。
忽聞河東獅子吼，拄杖落手心茫然。

詩中的「河東」是地名，因為柳氏是河東的名門望族，蘇軾就用河東指代柳氏。而獅子吼是雙關語，在佛家用語中指佛說法時聲音威嚴有如獅吼，在此是暗指柳氏的粗暴、凶狠。從那以後，人們就用河東獅吼來形容粗暴、厲害的婦女，用以嘲笑怕老婆的男人。

勢如破竹

原意是指劈開竹子時，頭幾節一旦破開，下面的就會順着刀口自行裂開。後來比喻解決問題的過程十分順利，形勢大好。

「今兵威已振，譬如破竹，數節之後，皆迎刃而解，無復着手處也。」

《晉書・杜預傳》

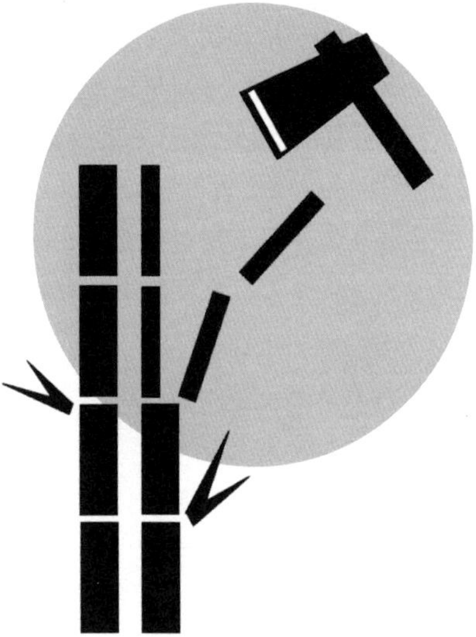

原意是指劈開竹子時，頭幾節一旦破開，下面的就會順着刀口自行裂開。後來比喻解決問題的過程十分順利，形勢大好。

杜預是魏晉之際有名的學者，同時也是政治家、軍事家。他學問廣博，尤其通曉歷史，常常說：「德不可以企及，立功立言可庶幾也」。也就是自己雖然未必能夠立德，但是立功立言就很可能做到。他所寫的《春秋經傳集解》成為後來唐代書生學習《春秋經》的標準讀本。

杜預不但富有學問，也是曹魏時期的名將。他曾經在司馬昭府中擔任軍事幕僚，參與了曹魏滅蜀的行動。在這次行動中展示了自己的機智，因此增加封邑一千一百五十戶。而在曹魏滅蜀後，對於是否進攻東吳，朝廷上下並無共識。鎮南將軍羊祜（㊂ hù ㊄ wu²）覺得對東吳的戰事必須儘早解決，但是朝中支持者不多。羊祜在病逝前，推舉杜預接替鎮南將軍一職，掌管荊州一帶的軍事行動。杜預上任後就為戰爭作準備，親自點選了一批精鋭部隊，隨後立即突襲東吳，並用計分化東吳將軍之間的關係。待時機成熟，杜預十日之內連破東吳南部多個城池，東吳舉國震驚。

但此時朝中有人指出，春天將至，河流水位上漲將不利駐兵。杜預就說：「現時我們連勝數仗，士氣正是十分旺盛。反觀東吳則連敗數仗，士氣低落。此時雙方作戰，我們就像用鋒利的刀去劈竹子一般，只要前面幾節劈開了，下面的竹子就會順着刀口裂開。乘勝追擊，一定能夠徹底打敗吳國。」隨後杜預不顧反對，指示各軍隊行動。不久就攻破東吳首都建業，幫助西晉一統天下。而杜預的發言，也引出了第二個典故：「迎刃而解」，也是比喻解決問題的過程十分順利，沒有遇到障礙。

南橘北枳

比喻事物會因為環境的不同而產生變化。

「橘生淮南則為橘，生於淮北則為枳。」

《晏子春秋・內篇雜下》

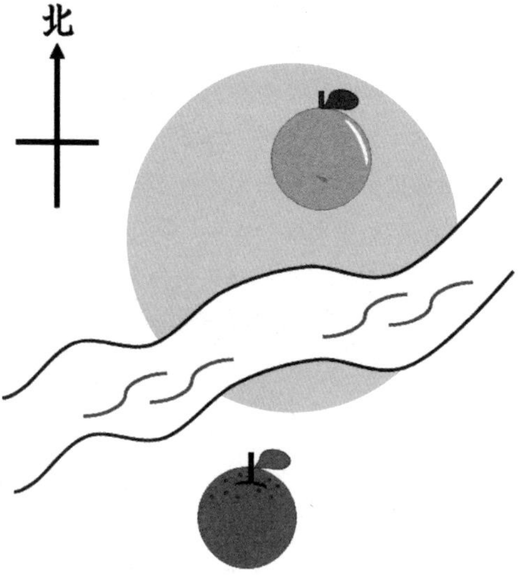

晏子是齊國的名臣，輔助了齊靈公、齊莊公、齊景公三個君主，歷經五十二年。期間多次為齊國出使，面對詰難從來都能憑藉着靈活的頭腦捍衛齊國。

有一次晏子出使楚國，楚王就問身邊的人：「聽聞晏子是齊國最能言善辯的人，現在他要來楚國訪問，怎樣才能給他一個下馬威呢？」此時有大臣說：「不妨這樣，趁大王宴請晏子時，我可以指示獄吏綁着一個人路過宴會廳。大王可以問發生了甚麼事請，我會教他回答這是齊國人，因犯了盜竊罪被捕。如此一來定能使晏子難堪。」楚王就下指示按計行事。

晏子到了楚國之後，楚王舉辦晚宴招待，正當大家喝到酒酣耳熱的時候，有個獄吏綁着一個人經過宴會廳。楚王見到，就立刻問：「這是何人啊？」小吏回答說：「這是齊國人，犯了盜竊罪而被捕。」楚王看着晏子說：「你們齊國人都擅長偷盜嗎？」

晏子聽後回答說：「我聽說，長在淮河的南邊是橘子，但要是長在淮河北方就會成為枳。雖然兩者看起來很像，但是味道就很不同。為何會這樣？我想是因為水土不同吧！現在齊人在齊國不會偷盜，來到楚國就偷盜了。我想也是因為楚國的水土會令人善於偷盜吧！」楚王聽了，苦笑道：「果然不能戲弄聖人，我現在是自取其辱啊！」

本來意思是指後來的人反而居於舊人之上，比喻用人不當，後來多用以稱讚後起之秀超過前輩。

「陛下用群臣，如積薪耳，後來者居上。」

《史記．汲鄭列傳》

後來居上

汲黯是西漢武帝時的大臣，他個性剛直正義，很有管治能力。但是説話處處不退讓，有不滿的地方就對皇帝直言相諫，這使得很多朝中大臣都不喜歡他。於是有段時間，漢武帝將他調任至東海就任。不過汲黯在東海的政績很好，未過多久就調任回中央，任命為主爵都尉。

不過汲黯還是絲毫不懂克制，經常在朝廷之上口不擇言。一次，漢武帝説要實行儒家的仁政，依照儒家的思想善待百姓。但是漢武帝還沒説完，汲黯就説：「陛下內心充滿欲望，但對外卻施行仁義，表裏不一，這是何苦呢？」漢武帝頓時臉色大變，提早退朝。滿朝文武都暗道不妙，覺得這次汲黯會招來大禍。雖然後來漢武帝回到宮裏以後，覺得汲黯説的不無道理，但同時也對身邊的人説，汲黯也確實太過不懂做人處事。

就是因為這種性格，使得汲黯一直以來很少被升遷。他當主爵都尉的時候，朝中的公孫弘、張湯都還是不起眼的小官。但是後來公孫弘當上了丞相，張湯做了御史大夫，但是汲黯依然還是主爵都尉。有一天，汲黯對漢武帝説：「陛下的用人之道，就好像堆柴火一樣，永遠都是『後來者居上』啊。」

比喻一個人極為憤怒的樣子。

「相如因持璧卻立，倚柱，怒髮上衝冠。」

《史記・廉頗藺相如列傳》

怒髮衝冠

趙惠文王時，趙國得到舉世罕見的和氏璧。秦昭王聽説這件事，派人送給趙王一封信，説願意用十五座城給趙國，請求換取和氏璧。但是趙國上上下下都覺得秦王很可能不守信，到時既失去和氏璧，又得不到城池。經過了一番商討，覺得可以請藺相如帶着和氏璧出使秦國。

趙王召見藺相如，問到秦王的提議是否可信，藺相如説：「現時秦國比趙國強大得多，除了答應別無選擇。」趙王又問要是秦王拿走了玉璧，卻不給我城池怎麼辦。藺相如説：「如此一來就是秦王理虧。我願意為大王出使秦國，要是趙國沒有獲得城池，我保證能夠把和氏璧帶回趙國。」

於是藺相如來到秦國的章台宮覲見秦王，當藺相如獻上和氏璧時秦王非常高興。讓身邊的人傳看和氏璧，但一字不提十五座城池的事。藺相如看出秦王沒有把城池給趙國的意思，就説道：「其實和氏璧上有點毛病，請讓我指給大王看。」當藺相如拿到和氏璧時，就退後幾步站在柱子旁邊，怒髮衝冠的樣子。他對秦王説：「以我所知平民之間的交往，尚且不相互欺騙，更何況是大國之間呢？我看大王無意給趙國十五座城，所以又把它取回來。如果大王一定要逼迫我交出，我寧願把自己的頭和和氏璧一起撞碎在柱子上！」

比喻期待事情的發展或結果。

「朝廷舊臣，山林隱士，無不拭目而待。」

《三國演義·第四十三回》

拭目以待

三國演義當中有一段故事是關於諸葛亮舌戰群儒。話說曹操率領大軍佔領了襄陽之後，怕被劉備奪下江陵，於是連夜趕路直逼江陵。但是又沒有信心能夠一舉擊敗劉備，於是曹操打算聯合孫權擊敗劉備。但此時劉備也希望能夠與孫權結盟，共同抗擊曹操，於是就派出諸葛亮隨魯肅到東吳共商對策。但是東吳上下都因為懼於曹操的兵力，覺得還是與曹操結盟較好。

一日，孫權召集張昭、顧雍等一眾文武大臣議事，並請諸葛亮出席。張昭見諸葛亮前來出使，知道必定是來遊説，因而首先出來詰難諸葛亮。張昭説：「聽聞先生一直自比管仲、樂毅兩位濟世之才！先生如今為劉備出謀劃策，不論是漢廷舊臣，還是山林隱士，無不拭目以待。希望劉邦能夠復興漢室，除滅曹操。但是沒想到曹兵一出，你們就棄甲拋戈，望風而竄。這難道就是先生的才能？」

諸葛亮笑道：「復興漢室，絕非一日之功！就像一個患重病的人，先要給他吃稀粥、服平和之藥，等到慢慢恢復了元氣，才可以用肉食加以補充養分，再以猛藥加以治療。雖然我軍敗仗比較多，手上的兵力常常不滿千；但我們所在的新野小縣人少糧薄，這不好比是一個人患了重病需要好好調養嗎？但即便這樣我們依然能夠令夏侯敦、曹仁等大將心驚膽裂。就是管仲、樂毅用兵，也不過如此吧！」後來孫權手下的輪番上場詰難諸葛亮，但是諸葛亮依舊神色輕鬆，將他們一一辯倒。最後孫權答應和劉備合作，共滅曹操。

按圖索驥

多用作生搬硬套、拘泥成法，
亦可用作按線索尋找事物。

「猶察伯樂之圖，求騏驥於市。」
《漢書・梅福傳》

按圖索驥一語，出自西漢梅福的手筆。梅福是一位飽學之士，自幼就在長安求學，尤其精通《尚書》、《穀梁春秋》等書古代典籍。他曾任南昌縣的縣尉，後來辭官歸故里。但即便辭官後，梅福仍然關注朝政，多次上書予漢成帝，力陳當時朝政的弊端。當時太后王政君的哥哥王鳳，憑藉外戚身分專斷朝政，朝中大臣雖怒不敢言。梅福見此，上書漢成帝，信中陳述忠臣與國家興亡的關係，進而評論國家的舉才方式。他認為朝廷不像以往的霸主一般主動求才，反而想套用夏商周三代的舉才方式。這就好像拿着伯樂所畫的《相馬圖》，到市集裏尋找千里馬一樣。理所當然是找不到，這並非舊有的方法不好，而是時移世易，求才的方式不能因循守舊。

後來按圖索驥這個成語，演變出很多新的故事。當中就以明代楊慎《藝林伐山》中所記載的版本最廣為流傳：

伯樂相馬的本領無人能及，只要看馬一眼就知道是否一匹良馬。在他年老的時候寫下《相馬經》，在書中詳細記錄了各種好馬的形態。伯樂的兒子看了這本書，如獲至寶。於是就拿着這本書出外相馬，數天之後他就高高興興回來，連聲說：「我找到了千里馬！」伯樂好奇地問這匹馬長甚麼樣，他的兒子說：「這匹千里馬的長相和書中記載的差不多，就是馬蹄有點奇怪。」伯樂仔細一看，沒想到兒子找來的是一隻蟾蜍。伯樂苦笑道：「你找來的馬，可不能用來駕車啊。」

既往不咎

「成事不說，遂事不諫，既往不咎。」

《論語・八佾》

對於過去發生的錯誤不再追究。

古代社會特別着重祭祀一事，所以會有很多的神廟舉辦祭祀。其中一個很重要的神廟就是祭祀土神的「社」，因為土神掌管土地。同時「社」廟只有國君方可以供拜，故此有象徵着國家的意味。魯哀公四年，因為火災導致魯國的社廟被焚毀，必須要重建。而當中需要立一根高大的木柱，作為土神的象徵。於是魯哀公就問孔子的學生宰我：「你覺得這根木柱，應選用甚麼木材？」

宰我是孔子的得意門生，能言善辯。他聽出魯哀公並不是想問木柱一事，畢竟社廟一直都有着建造的規格，特意相問，自有深意。宰我聽出其實魯哀公是對於把持朝政的三家權臣十分不滿，故以木柱為喻，暗示是否需要重新確立自己的權威。於是宰我答道：「我知道夏代用松木，殷代用柏木，而周代用栗木。」隨後就補充：「用栗的意思，是使人民戰慄。」宰我的答案就是暗示魯哀公應採取行動，令三家權臣感受君王的權威。

孔子隨後聽到這一件事，就說：「成事不說，遂事不諫，既往不咎。」孔子也知道三家權臣的事，但是孔子認為三家之所以能把持朝政，魯哀公也有責任。這個局勢已經持續了很久，再作多說也無謂。而如今三家權臣是為實際執政一事也成了事實，宰我在這個時候方才提出勸諫，還不如不諫。孔子覺得宰我的話有不恰當之處，不過既然說出了，也不必再追咎了。

形容世事變遷或時代久遠；也用來形容凡人遇仙，忘歸家鄉。

「質起視，斧柯爛盡，既歸，無復時人。」

《浪跡叢談·三談》

柯爛忘歸

西晉時有個樵夫叫王質，一直以來都在住處附近的石室山砍柴維生。但是因為長期的砍伐，山腳的樹木都十分稀疏了。於是王質只好向深山進發，希望能夠找到新的樹林可供砍柴。他一直往深山走，直到見到一片松樹林，覺得十分適合做木柴之用。正當他準備砍柴之時，突然見到松林深處好像有間石屋。他覺得十分奇怪，怎麼會有人在這裏居住啊？於是便走過去看看。

只見石室前，有兩個童子在下棋，十分逍遙自在。於是他就放下斧頭，站在旁邊觀看。兩個童子下得十分高明，王質也是個愛棋之人，就一直看着兩位童子博弈。過了一段時間，一個童子對着王質笑道：「想必你是山外來的，站了這麼久，你也餓了，吃顆棗充飢吧。」童子遞上一顆棗子後就繼續兩人的棋局了。

待兩位童子下完一局棋，突然另一位童子看着王質，說：「山中七日，人間千年，你看我們下棋快一個時辰了，你還是快點回去吧！」王質聽了，就想拿起斧頭下山。一看，木製的斧柄已經腐爛了，鐵斧也鏽跡斑斑。他再回頭一看，發現兩位童子已不見了。王質這才知道自己剛才碰到的是兩位神仙。當他下山回到村莊時，已經沒人認識他了，因為就連比王質小一輩的人都全部去世了。大家聽着王質的奇遇，覺得實在非常神奇。

本意是指狡猾的兔子會準備幾個藏身的洞穴，比喻人有多種避禍的方式。

「狡兔有三窟，僅得免其死耳。」

《戰國策．齊策四》

狡兔三窟

孟嘗君是戰國四君子之一，是齊國的宗室大臣。他家財頗豐，一直以來廣招人才，門下有食客三千，是齊國重要的政治力量。而孟嘗君門下有位食客叫馮諼，因出身貧微，孟嘗君的管家看不起他，總是給他吃粗劣的飯菜。馮諼很不滿意自己的待遇，總是在庭院中一邊敲着劍鋏，一邊説道自己的餐食很差、自己出門沒有車馬代步、自己的母親沒有人供養。孟嘗君聽到後總是叫管家一一滿足馮諼的要求。

一天，馮諼主動提出幫孟嘗君到他的封地——薛地收債。孟嘗君就順便吩咐用收債得來的錢買些府邸中缺少的東西。馮諼到了薛地，就把欠債的人召集起來，收集了大家的借據就一把火燒了。並對大家説：「孟嘗君知道大家生活拮据，就不需要你們還債了，你們都回家吧。」馮諼回到孟嘗君府中，孟嘗君得知他寬免了大家的債，非常不高興。馮諼説：「大人你家中甚麼都不缺，唯獨缺少了『義』。所以我把『義』買來送給你。」

一年後，孟嘗君被罷了官，唯有暫時回到自己的封地去。甫一到埗，薛地的百姓就夾道歡迎，這次他才領悟到馮諼所説的「義」是為何物。於是孟嘗君又找來馮諼，問他下一步該怎樣做。馮諼答：「機靈的兔子有三個洞穴，才能免遭死患；現在大人只有一個洞，請讓我再去準備吧。」後來孟嘗君在齊國擔任相邦數十載，沒有遭遇大災禍，都是因為馮諼在背後為孟嘗君打點。

重蹈覆轍

比喻不吸取以往的經驗，再犯相同的錯誤，就好像駕車再次走上會翻車的舊路。

「今不慮前事之失，復循覆車之軌。」

《後漢書．竇武傳》

東漢桓帝是依靠外戚梁冀才能坐上王位，梁冀作為輔政大將軍完全不將年幼的漢桓帝放在眼內。專擅朝政，結黨營私，梁冀可謂完全把持了當時的朝政。漢桓帝長大後對此感到十分憂慮，於是聯合了宦官單超、徐璜等五個跟梁冀有怨仇的宦官，合力將梁冀剷除。漢桓帝為感謝他們，封五人為侯。但是沒想到，一方面將梁冀剷除了，另一方面宦官等人察覺到桓帝十分需要宦官的支持。反而仗着桓帝的信任，對百姓勒索搶劫，掠奪民財，宦官們的行為甚至比梁冀更加腐敗。

宦官們為了擴大自己的權勢，還對朝中的士人大肆攻擊。當時士人們對於宦官的所作所為十分不滿，常常上書桓帝，請求整頓朝中風氣。但是桓帝常常聽信宦官之言，覺得士人們只是誇大其辭。兩派互相攻擊，直到一次宦官一派誣告士人派的領袖營群結黨，擾亂朝政。桓帝一怒之下，下令逮捕並審理士人，很多當時的名士都遭到逮捕，史稱「黨錮之禍」。

而此時桓帝竇皇后的父親竇武是城門校尉，他十分同情士人的遭遇。於是他就上書桓帝，為士人們求情。當中就提到歷史上一些皇帝因為聽信讒言，而導致天下民眾對其感到失望。希望桓帝能夠以前事為鑑，不要聽信錯誤的意見。桓帝見到之後，明白被逮捕的士人都是高風亮節之人。於是就下令赦免那些士人的罪，儘早釋放出獄。

首鼠兩端

老鼠生性多疑，爬出洞穴是進是退不能自決。比喻做人沒有主見，在兩者之間猶豫不決。

「與長孺共一老禿翁，何為首鼠兩端？」

《史記・魏其武安侯列傳》

漢景帝時期吳國、楚國起兵作反，當時灌夫帶兵跟隨父親灌孟從軍，因其立下軍功被封為中郎將。後來父親灌孟在戰事中不幸戰死，灌夫為報父仇繼續戰鬥，不肯返鄉葬父。漢景帝對此十分感動，事後任命灌夫為代國的宰相。及後漢武帝即位，聽聞灌夫的名聲，於是就調任灌夫為軍事重地淮陽的太守。

灌夫對待朋友很好，對士人也十分恭敬。居住在長安時，和魏其侯很親近，兩人經常一起遊玩。不過灌夫有一個很不好的陋習，就是喜歡飲酒，並且會借酒使性。有次魏其侯帶灌夫前往丞相武安侯的宴會，但灌夫很看不起憑藉着外戚身份擔任丞相的武安侯，在宴會上故意羞辱賓客。武安侯一怒之下要將灌夫處死，魏其侯見此就為灌夫出頭，向皇上反指武安侯含血噴人。

由於武安侯和魏其侯都算是漢武帝的親戚，於是漢武帝就召開了朝會打算擺平此事。沒想到兩人在皇帝面前，圍繞着灌夫的品行互相辯駁，漢武帝一時之間也不知道應該聽信誰人的説辭。於是就詢問朝中大臣，此時御史大夫韓安國就説：「灌夫以前立下軍功，舉世皆知，但是飲宴上冒犯皇族也是重罪。就看皇上如何衡量兩者了。」漢武帝聽後，就暫時退朝。

退朝以後，武安侯見到韓安國，就很生氣地説道：「之前不是説好一起對付那個老禿翁，為甚麼你會如此猶豫不決？」韓安國就説道：「剛才要是丞相能以退為進，道理就在你這邊了。但你像婦孺一般與人爭執，這就是不識大體啊。」

用以形容做事違反常理，也可以指違背時代潮流的行為。

「吾日暮途遠，吾故倒行而逆施之。」

《史記・伍子胥列傳》

倒行逆施

楚平王在位時荒淫無道，大夫伍奢因進諫被殺。他的兒子伍子胥受此牽連，幸好能夠逃去吳國，保住了性命。伍子胥想借吳國的力量來報家仇，經過觀察，發現大將公子光想奪取王位，於是就開始輔助公子光。公子光即位，就是吳王闔閭。

闔閭稱王後，就讓伍子胥幫助他治國，很快吳國就強大起來。闔閭看到吳國實力大增，又有伍子胥和孫武兩員大將輔佐，決定伐楚。他任命孫武為主將，伍子胥為副將，自己親自督軍。大軍跋涉一千多里，直逼楚國國都郢都，一路上勢如破竹，逼得楚昭王慌忙逃往隨國。

伍子胥終於等到報復父仇的這一天，於是他先是建議吳王拆毀楚國的宗廟，然後又請求吳王讓他去挖楚平王的墳墓。吳王見多年來伍子胥輔助自己有功，就放任他去報仇。於是伍子胥讓楚國人帶路，找到了楚平王的墳墓，掘開了棺材，一見楚平王的屍首，多年的積憤就爆發了。他先是抄起鋼鞭，鞭屍三百下。但是覺得還不解恨，又把楚平王的頭砍了下來。

而申包胥是伍子胥的朋友，聽說伍子胥的做法，就寫信責備伍子胥：「你這樣做太過分了。」伍子胥看完信後說：「我為報父仇實在沒有辦法講道理。就好比一個走遠路的人，見到太陽就要落山了，只好不顧走法了。而我也實在沒有辦法了，所以才有這些倒行逆施的舉動。」

沒有了嘴唇，牙齒就會感到寒冷。比喻雙方利害關係密切。

「諺所謂輔車相依，脣亡齒寒者，其虞虢之謂也。」

《左傳．僖公五年》

脣亡齒寒

公元前 655 年，晉國打算攻打虢國。由於晉國與虢國之間隔着一個虞國，若是要出兵，就必定要借道於虞國。於是晉獻公就派説客去向虞國借路。

此時，虞國大夫宮之奇極力反對。他規勸虞公：「虢國是虞國的屏障，如果虢國滅亡了，虞國肯定也會隨之滅亡。俗話説『唇亡齒寒』，形容的正正就是虢國和虞國之間的關係。如果我們借道予晉國去攻打，那只會助長晉國的野心。若然虢國早晨被消滅掉，那麼虞國就會在當天晚上跟着消失。我們怎可以做自取滅亡的事呢？」

可是，固執己見的虞公不聽宮之奇的勸告，還是借路予晉國。宮之奇見狀，馬上帶領族人逃離虞國。臨走前預言道：「看來虞國沒可能舉行年終的臘祭了，虞國會在這次軍事行動中被消滅！」果然在冬天，晉國先是消滅了虢國。然後又在得勝回國的途中，背信棄義地滅掉了虞國。

師出無名

原指出兵沒有正當的理由，後來也可以比喻做事沒有正當的理由。

「兵出無名，事故不成。」
《漢書・高帝紀上》

秦王朝覆亡後，天下群雄紛紛起兵爭奪天下。當時楚人的領袖楚後懷王熊心，定下了「懷王之約」。他許諾各個將軍，誰首先攻進秦國首都咸陽，就會封其為「關中王」。項羽率領着諸侯聯軍，在鉅鹿擊敗了秦軍主力，威震天下。但是沒想到劉邦搶先一步，進入咸陽，接受秦三世子嬰的投降。項羽大軍遲了一步抵達，項羽一怒之下殺了子嬰。並對諸侯表示對秦國的戰爭中，楚後懷王並沒有任何戰功，不應再聽命於他。各個將軍敬佩項羽的戰功，就認同了這個做法。

但是沒想到項羽不但將楚後懷王視作傀儡，自封為西楚霸王，又私自分封天下諸侯。不久後項羽還流放楚後懷王至長沙，途中項羽更暗中命令英布等人殺害楚後懷王。項羽的這些舉動，引起了諸侯們的強烈不滿。

此時一位智者對劉邦說：「所謂順德者昌，逆德者亡。而辦大事，沒有正當理由也是不會成功的。如今項羽刺殺了君王，天下人都鄙視他。你何不趁此時起兵討伐項羽？這樣你率領的就是仁義之師，天下人都會仰慕你，加入你的隊伍。」劉邦一聽知道機不可失，馬上為楚後懷王發喪，命令三軍全都穿上白衣，還為楚後懷王舉辦大型的公祭。劉邦又派使者給其他諸侯送信說：「楚後懷王是大家公認的君主，如今逆賊項羽弒君，實在大逆不道。大家若是反對項羽，就和我一起討伐殺害君主的人。」就這樣，楚漢之爭拉開了序幕。

是指在行家面前賣弄本領，暗諷當事人不自量力。

「操斧於班、郢之門，斯強顏耳。」

《王氏伯仲唱和詩序》

班門弄斧

今天我們常常會說班門弄斧，這個典故出自唐代文學家柳宗元之手。原句是「操斧於班、郢之門」，當中的「班」就是指魯班，木匠的祖師爺。而「郢」則是指郢（普 yǐng 粵 ying^{5}）匠，據聞有一個來自郢都的匠人能夠揮動斧頭將別人鼻子上的一層白灰削去。而柳宗元之所以用這兩位名匠作比喻，是因為當時他要幫一本詩集寫序。

唐代的王緯兄弟文章華貴，富有文采，同時也是柳宗元的好友。一次他們要出版一本詩集，並邀請柳宗元為此寫序。柳宗元讀過後，覺得詩集果然非同凡響，力讚他們有如三國時期的應璩（普 qú 粵 keui^{4}）、應瑒（普 chàng 粵 dong^{6}）及南朝時陸機、陸雲這兩對兄弟，兩兄弟都精於文章。自己的這篇序言就如在魯班、郢匠面前耍弄斧頭，不值一提。

而「班門弄斧」這個典故得以流傳，也是因着詩人梅之煥的經歷。傳說李白晚年遊覽采石磯一地時，因想探身於江中撈月，卻不幸墜江而死。故此采石磯一地因而聞名天下。不少文人墨客到此地遊覽，並寫下不少詩句。後來梅之煥來到此地，想憑弔李白這位偉大的詩人。但是看到采石磯一地，能夠寫字的地方都寫上了拙劣的詩句。於是就寫了一首詩來諷刺那些自以為是的文人：「采石江邊一堆土，李白之名高千古；來來往往一首詩，魯班門前弄大斧。」

形容病情嚴重，無法醫治。也可比喻為事態嚴重，無法挽救。

「疾不可為也，在肓之上，膏之下。」

《左傳‧成公十年》

病入膏肓

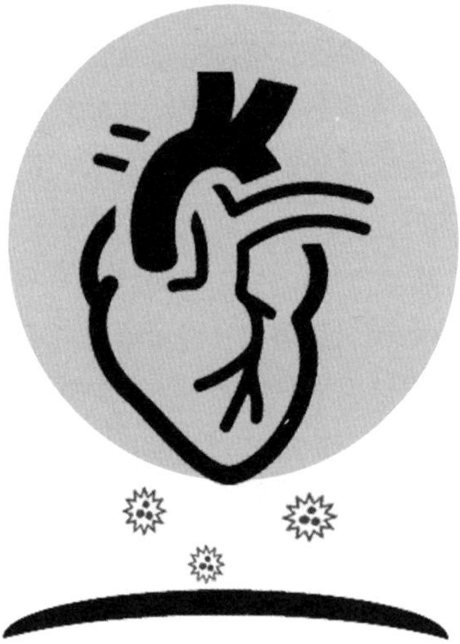

古人把心尖脂肪叫「膏」，心臟和膈膜之間叫「肓」。而「病入膏肓」這一典故是出自一位大王的病。話說晉景公臥病在牀，久治不癒。身邊的大臣紛紛訪求名醫，但是沒有人知道該怎樣治療大王的病。而秦桓公得知晉景公的情況後，就推薦了一位名叫緩的醫生，讓他去給晉景公診療。

緩立即從秦國出發，趕赴晉國。與此同時晉景公做了一個怪異的夢，夢中見到兩個人對話。其中一個憂心忡忡地說：「聽說緩是本領高強的良醫，看來我們要快點找個地方躲避一下。」另一個小人氣定神閒地說：「沒關係，只要我們躲進膏和肓的中間，再好的良醫也沒有辦法了！」

當緩趕到晉國後，馬上去見晉景公。他先是觀察了晉景公的臉色，再仔細地為晉景公把脈。未幾，他就對晉景公說：「這個病我也沒有辦法幫你醫治了。病所在的地方正是在肓的上面，膏的下面。這兩者之間是任何藥力都是無法達到的。確實沒有辦法醫治啊！」

晉景公聽了緩的話，回想起夢中的情景，不禁歎了一口氣：「你確實是一個很好的醫生，你的診斷很對。」隨後，晉景公贈給緩一份禮物，並派人送他回秦國。不久，晉景公就病逝了。

草木皆兵

將草木都視作是士兵，形容極度恐慌狀態下的多疑心理。

「將士精銳，又北望八公山上草木，皆類人形。」

《晉書・苻堅載記》

東晉太元八年，前秦皇帝苻堅率領大軍攻打東晉。東晉派出謝石為大將，謝玄為先鋒，率八萬精兵迎戰。前秦的軍隊很快抵達了淝水岸邊，並攻下了壽陽。苻堅隨後帶八千騎兵進駐壽陽。秦軍將領苻融認為，晉軍根本不堪一擊，無謂造成更多的傷亡，於是派一個叫朱序的人去勸降。

朱序本來是東晉的官員，但是他見到謝石後透露了秦軍的佈置情況，並建議謝石趁前秦的後續部隊尚未趕及，派兵突襲洛澗，破壞前秦軍隊的佈置。謝石馬上出兵偷襲，結果大獲全勝。然後晉兵乘勝向壽陽進軍，並駐紮在壽陽城對岸的八公山下。

苻堅得知晉軍擊破了自己的部署，又向壽陽撲來，大驚失色。他立即登上壽陽城頭，觀察對岸晉軍的動靜。當時正是隆冬時節，又恰逢陰天。遠遠望去似乎河上桅杆林立，戰船密佈。而八公山上的草木隨風而動，彷彿有無數個士兵蓄勢待發。苻堅驚恐地説：「晉軍怎會是一支弱兵？分明是一支強兵啊！」

不久，謝玄一方面安排晉軍渡過淝水，另一邊趁着前秦軍隊尚未排好陣型時突襲。前秦軍隊傷亡慘重，大敗而歸。這就是歷史上有名的以少勝多、以弱勝強的淝水之戰。

將草木都視作是士兵，形容極度恐慌狀態下的多疑心理。

「若迷而知反，尚可以免。」

《三國志・袁術傳》

迷途知返

袁術和陳珪是交情甚篤的好友，他們同樣出身自豪門世族，自少年時代就經常來往。而他們身處的東漢末年，正是漢室頹敗，局勢風起雲湧之時。袁術一次寫信予陳珪，當中寫道：「秦王朝丟失了政權和王位，天下群雄馬上群起而奪之。如今局勢豈不是和當年一樣，只有智勇雙全的人才能夠奪得天下。我和你有多年的交情，論謀取天下的大事，我只相信你一人。」

陳珪讀過來信，知道袁術想他加入叛變的行列，於是答覆他說：「從前秦國以嚴刑酷法統治天下，令百姓忍無可忍，才致使天下各地民眾群起攻之。但現在漢室雖然頹敗，也沒有那種酷刑暴政。同時朝廷當中也有曹操將軍輔助天子，重整被亂臣敗壞的朝綱，我想不用多久天下就會恢復太平。你和我都是出身於世代蒙受皇恩的公卿之家，理應與天下英雄同心協力，匡扶漢室。但是你竟想在此時圖謀不軌，實在令人痛心。若你能迷途知返，或許還能免去你的罪過。但我是無論如何都無不會與你同流合污的。」

陳珪本以為自己的回信能夠使袁術懸崖勒馬，迷途知返。但是袁術沒有聽從陳珪的勸告，決心與群雄爭奪天下。於是就從南陽開始，成為割據一方的軍閥。並在建安二年在壽春稱帝，但是因其行為惹起各方反感。孫策、呂布、曹操、劉備輪番對其出兵，最終落得個兵敗身亡的下場。

高山流水

「伯牙鼓琴，志在登高山。」

《列子・湯問》

比喻遇到知音或知己，也比喻樂曲高妙。

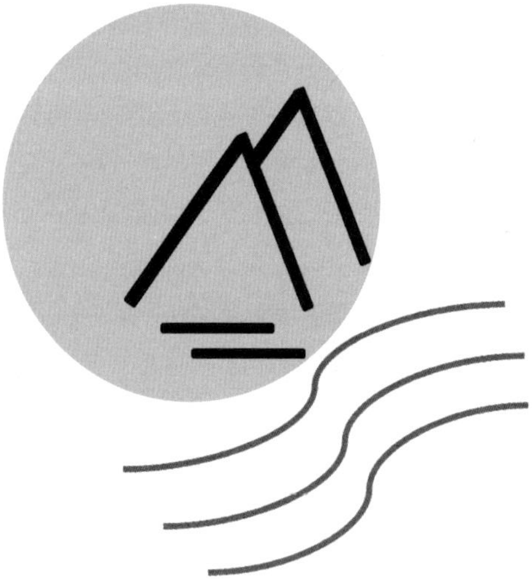

伯牙與鍾子期是對好朋友，兩人都鍾情於音樂。伯牙是位高明的琴手，他能用琴聲表達出任何他想的事物。鍾子期是個樵夫，但十分懂音樂，無論伯牙用琴聲表達甚麼，他都能聽出來。

一次，兩人在聚會娛樂。伯牙手撫琴弦，突然想起以前和鍾子期登山的情景。心有所思，手就隨即彈起了雄壯高峻的樂曲。鍾子期忽然聽到琴聲高昂激越，不由得喝彩：「真是一首好樂曲，高峻得像泰山一樣！」伯牙見鍾子期一下子就聽出了自己的琴聲表達甚麼，會心一笑。隨即故意又變了個曲風，琴聲就變得宏大壯闊，好像江水瀉千里。鍾子期説道：「好啊，浩蕩得像江河一樣！」

後來，兩人又攜琴同遊泰山。當他們走到泰山的北面時，突然遇到了暴雨。兩人就在岩石下面避雨。狂風暴雨抽打着泰山的一切，可見的一切都隱沒在雨中。伯牙被這大自然的威力所震撼，情不自禁地拿出琴，彈了起來。他先彈了大雨傾盆的曲子，接着又演奏了山崩地陷的曲子。琴聲剛落下，鍾子期就説道：「看來我們的處境很危險啊，不僅有狂風暴雨，還有山崩地裂。」伯牙放下琴，感歎道：「好啊！好啊！你聽琴的功力實在太高明了。我的琴聲從來不能逃過你的耳朵，當真是我的知音啊！」

得心應手

本意是指心裏想的與手中做的能保持一致，現指技藝純熟。

「得之於手而應於心，口不能言，有數存焉於其間。」
《莊子．天道》

有次齊桓公問管仲：「管仲你辦事從不慌張，分析問題也很有見地，你是如何學到這些本領呢？」管仲回答說：「大王，其實當中並沒有任何竅門。只要勤於讀書就可以了。」齊桓公聽後，也開始抓緊一切時間讀書。

一天齊桓公又坐在殿中大聲朗讀，聲音傳到庭外。未幾，正在庭外修理車輪的輪扁就十分好奇，於是就上前問齊桓公：「請問大王，你這是讀的甚麼書，使你如此入神？」齊桓公就說：「我讀的可是聖人之言。」輪扁問：「那聖人還活在世上嗎？」齊桓公說：「他們早就死了。」輪扁說：「那麼大王讀的不過就是古人的糟粕而已。」齊桓公聽後勃然大怒，說：「你區區一個製作輪子的工匠，怎敢在此議論本王讀的書？要是你今天說不出你的道理，我定當將你處死。」

輪扁見齊桓公發怒，不慌不忙地說：「鄙人是製作車輪的，就以車輪一事舉例吧。車輪的軸孔做大了，就會鬆動；但是做小了，又無法裝配。只有大小合適，才算是一個好的車輪。怎樣才做到一個好的車輪呢？我做的時候心中所想的，手上也正好配合着，做車輪對我而言得心應手。但是我卻也無法以言語將這套技法傳授予他人，就連我的兒子也無法習得我的這套技術，所以即便我七十歲了還在做車輪。我想古代的聖人也一樣，真正精妙的東西是無法用言語表達的，那些東西會隨他們逝世而消亡，剩下的不就是糟粕嗎？」

得隴望蜀

比喻為做人貪心不知足。

「人若不知足，既平隴，復望蜀。」

《後漢書・岑彭傳》

隴是古代地名，也就是甘肅省東部；蜀就是今天四川省中西部。而岑彭是西漢末年的將領，本來只是一個小縣官。當劉秀領導的起義軍攻克棘陽時，他就加入了劉秀的起義軍。岑彭可謂是天生的將領，幾乎每戰必勝，攻佔了很多地方。

在劉秀控制了洛陽等地區以後，就封岑彭為刺奸大將軍，並一同率軍西進。當時，佔據西部的是隗囂的軍隊。在王莽之亂時，隗囂曾經佔據隴西，後來投降了劉秀，並為劉秀立過戰功。不過一直以來，他都有更大的野心，不甘心屈居劉秀之下。於是就跟佔據蜀地的公孫述勾結，並背叛劉秀。

所以劉秀這次西進，就是要平定隴、蜀二地，統一全國。劉秀和岑彭率大軍攻克了天水後，在西城把隗囂的軍隊圍住了。劉秀見已經大局已定，就先行返回洛陽。但是劉秀又擔心岑彭怠慢戰事，就下了一道詔書：「攻克西城後，你就率領大軍去攻打蜀地。人都是不知足的，既已平定了隴，還想得到蜀地。」

岑彭得到劉秀的命令後，就加緊攻城。但是西城的地形難攻易守。岑彭想用水攻法。但是水深還不到一丈時，蜀國的援兵就趕到了，救走了隗囂。而岑彭的軍隊也因為糧草不繼，只好撤回洛陽。後來，岑彭再一次率兵西進，終於平定了隴、蜀兩地。

比喻事物或者人物出乎意料地來臨。

「直入武庫，擊鳴鼓。諸侯聞之，以為將軍從天而下也。」

《漢書・周亞夫傳》

從天而降

周亞夫是漢朝時候的名將。漢文帝時，受命平定邊境的匈奴之亂，周亞夫帶着部隊駐紮在細柳。漢文帝為鼓舞士氣就帶着大臣前往細柳探望，沒想到剛來到駐軍營地，就被攔了下來。營門守衛説：「將軍有令，不能隨便進入軍營！」一旁的侍騎拿出皇帝的權杖，守門士兵再三核實才放他們進入軍營。但是剛一進去，又被攔下來，這次士兵説道：「軍營中有規定，不得騎馬奔馳！」一行人只好騎馬緩行。終於來到周亞夫所在的中營，周亞夫將軍出營迎接。但是他只向皇帝作了一個揖，並説：「末將鎧甲在身，不能叩拜，請允許我以軍禮拜見！」漢文帝滿意地點了點頭，説：「這樣才是軍紀嚴明的部隊啊。」

但想不到過了沒多久漢文帝患了重病，臨終前漢文帝特意叮囑太子，國家若有危難，必要重用周亞夫。

果真漢景帝即位後三年，吳王劉濞和楚王劉戊就密謀作反，漢景帝就令周亞夫帶兵出征。周亞夫帶兵走到半路時，謀士趙涉為周亞夫獻上一計：「將軍是次出征絕不可輕敵，吳王劉濞手下有不少勇士，知道你要率兵攻擊他，必定有重兵埋伏。我建議將軍應當選擇小道，經過藍田，直出武關，去到雒陽，期間不過一兩日。屆時直接攻入武庫，叛軍定必以為將軍是從天而降，他們的陣容就自當被打亂了。」周亞夫大讚這條妙計，馬上率領部隊經小道直撲武庫，斷絕了吳王、楚王的糧道。不出三個月，叛軍就被擊敗了。

從善如流

比喻樂於接受別人正確的意見。

「君子曰：從善如流，宜哉。」

《左傳・成公八年》

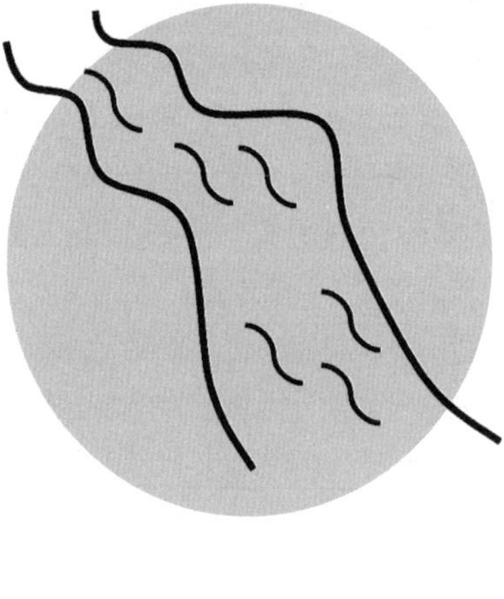

有一次楚軍攻打鄭國，鄭國抵擋不住兇猛的攻勢，於是就派人向晉國求救。晉景公馬上派欒（㊀普 luán ㊀粵 lün4）書率領大軍前往救援。楚軍見晉軍前來支援，於是就撤回楚國。但是晉國大將欒書，在解救了鄭國之後，對楚國的行為感到十分惱火，於是率領大軍轉而攻伐楚國的盟國蔡國。這次蔡國連夜派人向楚國求救，於是楚國就派出公子申、公子成二人，率領駐紮在申縣及息縣的軍隊前往救援。

晉國大將趙同和趙括主動請纓，要求出戰迎擊楚軍。欒書正要答應時，他的三位部下，知莊子、范文子、韓獻子前來勸阻。他們說道：「楚軍並不是弱兵，他們敢於連夜奔馳救援，一定很難對付。而且即便我軍勝了，也只是打敗了楚國兩個縣軍隊；但若然我軍敗了，就恥辱至極。衡量得失，並不能與楚軍相爭。」

欒書聽了，覺得三位講得實在很有道理。可是欒書的其他部下卻不同意這種看法。他們對欒書說：「在座的將軍們共十一人，但是只有三位反對出戰，可見贊同迎戰楚軍的人佔多數。元帥應當跟隨多人贊同的意見來行事吧？」

欒書回答道：「多人贊同的意見不一定正確，但只有正確的意見才能代表多數。知莊子他們的意見深謀遠慮，是正確的建議。因此，我應當接受他們的意見。」於是他下令退兵，避免了兩國之間的戰爭。

畢恭畢敬

形容態度十分恭敬，也可以形容十分端莊有禮。

「維桑與梓，必恭敬止。」
《詩經．小雅．小弁》

大家對於周幽王最熟悉的故事，莫過於「烽火戲諸侯」。在周幽王即位三年後，褒國獻上美女褒姒（普 sì 粵 ci^{5}）。周幽王甚是喜愛這位美女，只要是褒姒想要的，周幽王都會給予。只可惜褒姒生性冷艷，並不愛笑。周幽王為博美人一笑，請教各大臣的意見。其中虢國石父獻出「烽火戲諸侯」一計，周幽王覺得可以一試。於是他在帶褒姒到行宮遊玩時，傳令士兵點燃烽煙。各地諸侯見到烽煙，以為有外敵侵擾京城，紛紛率領兵馬趕來相救。殊不知他們到了京城時，卻發現周幽王在城牆上喝酒取樂。在一旁的褒姒看見諸侯的兵馬，來來往往甚是有趣，不禁笑了出來。

為使褒姒一笑，不惜令諸侯們奔波一趟，這已經甚為荒唐。但周幽王對褒姒的喜愛遠不止此，褒姒為周幽王產下兒子，名叫伯服。於是周幽王就廢掉皇后申氏，改立褒姒為王后。同時又廢掉申后生的太子宜臼，改立伯服為太子。

宜臼被廢黜後，暫住在外祖父申侯的家裏。見到父親的行為，使他對國家的前途甚為擔憂，同時對於自己故此他就寫了一首名為〈小弁〉的詩。詩的第三節說：「維桑與梓，必恭敬止，靡瞻匪父，靡依匪母。不屬於毛？不罹於裏？天之生我，我辰安在？」意思就是看到屋邊父母種下的桑樹和梓樹，尚要恭恭敬敬。世間上那個人對父母沒有依戀呢？但是現在父親卻離我而去，我之後應當如何做啊？其中的「必恭敬止」就是演變出後來的「必恭必敬」，或作「畢恭畢敬」。

割蓆絕交

比喻和朋友絕交。

「寧割蓆分坐，曰：『子非吾友也。』」

《世說新語．德行》

東漢靈帝時，管寧和華歆本是一對很好的朋友。兩人時常一起讀書，又一起玩耍。有一次兩人一起到菜園耕作，突然挖出了一塊黃金。管寧毫不在意，繼續耕作，彷彿剛才那塊就是普通的石頭。但是華歆就拿在手上看了很久，才將黃金放在一旁，繼續耕作。

又有一次，兩人本在一起讀書。突然有位大官的轎子從門外經過，管寧不為所動，繼續埋頭苦讀。但是華歆就忍不住放下書，跑出門外張望。回來後，管寧對華歆說：「你既貪圖錢財，又艷羨權勢，從今而後不再是我的朋友了。」

揠苗助長

以不適當的方式以求速成，結果不但無益，反而有害。

「助之長者，揠苗者也。」
《孟子・公孫丑上》

揠苗助長這個故事，本來出自亞聖孟子。他在一次與公孫丑的辯論中，舉出這個例子以論述用不適當的方法急欲求成，反而對事情有害。

春秋時期的宋國，有一位農夫覺得自己田裏的禾苗長得實在太慢了，心裏十分着急，希望能想出個辦法能讓禾苗長得快點。在某天早上他突然想出一個絕妙的做法，既然禾苗長得如此慢，可以拉拔一下這些禾苗，讓它們長得快些。於是他就用了一整天去把禾苗拔高，忙了一天他興高采烈地回到家中，開心地和家人說：「今天累死我了，但田中的禾苗都長高了很多。」家人還不知道發生甚麼事情，就叫兒子去田裏看一看，沒想到這些禾苗全都枯死了。

孟子說這個故事，本是為了和公孫丑談論如何培養內心的正義。孟子認為一個人的正義是發自內心，兼長年累月培養出來的。只有每日行善事，方能達致內心的正義。絕不是可以通過偶爾的行善，或者任何其他的捷徑能夠達到。要是在培養內心正義的方法上出錯了，就會像那位拉拔禾苗的農夫。不但沒法令禾苗長大，反會使禾苗枯死。所以做事不能違反事物發展的規律，強求速成，急功冒進，結果只會適得其反。

畫地為牢

比喻只能夠在有限的範圍中活動。

「故有畫地為牢，勢不可入。」

《報任少卿書》

司馬遷是漢代著名的文學家、史學家，他所撰寫的《史記》是中國史書的典範。司馬遷十歲時已能閱讀《尚書》、《左傳》、《國語》等古代典籍。成年後，他就從長安出發四處遊歷，考察江淮流域以及中原地帶的風俗民情，同時收集了不少的民間傳說。遊歷歸來後便擔任郎中一職，出使巴蜀、昆明等地。隨後又擔任監軍一職，出訪西南各郡。種種經歷使得司馬遷對於各地歷史十分熟悉，直到司馬遷的父親逝世，司馬遷繼承其父的遺志，撰寫史書。

但是司馬遷雖然長於述史，卻對於朝廷中的鬥爭不甚了解。漢武帝曾在司馬遷寫作時翻閱《史記・孝景本紀第十一》，對當中的內容十分不滿，為此大發雷霆。後來名將李廣的孫子李陵出擊匈奴，殊不知兵敗被俘。滿朝文武都認為李陵叛變，唯獨司馬遷為李陵求情。這就為司馬遷帶來了牢獄之災，漢武帝盛怒之下就下令將司馬遷處死。但是當時的法律規定，可以選擇宮刑替代死刑，司馬遷為繼續著書就選擇了接受宮刑。

但是這次經歷令司馬遷感到絕大的屈辱，他曾給他的好朋友任安寫過一封很長的信，訴說自己這些年來的痛苦。其中一段說道，山林中的猛虎之所以會搖尾乞憐，是因為人們用外力使其屈服，可見環境的壓迫會使人變得卑躬屈膝。聽說古代有種刑罰是在地上畫圈以示牢獄，有志氣的士人見到必定不會走進去接受這種屈辱。但是我為了繼續著書，主動選擇了最侮辱的宮刑，這使我從今以後都無法再說自己有甚麼節操可言。

比喻痛恨、怨恨到極點。

「諸侯備聞此言，斯是用痛心疾首，暱就寡人。」

《左傳．成公十三年》

痛心疾首

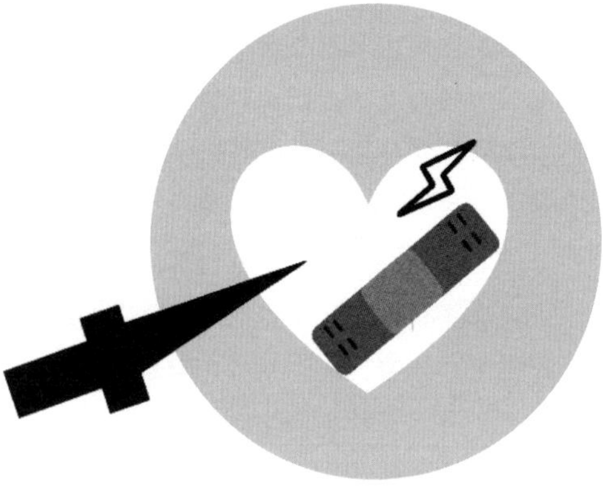

春秋時期，秦國和晉國互相以婚姻關係維持兩國的友好，史稱秦晉之好。但是在此期間兩國因為邊境問題也經常發生一些小衝突，令兩國之間征戰不斷。晉厲公繼位後，想與秦國罷兵結盟，為此晉厲公約秦桓公在令狐會盟。秦桓公派出大夫史顆與晉侯結盟，晉厲公於是派大夫郤犨（㊢ chōu ㊣ chau[4]）與秦國結盟。

只是秦桓公根本就沒有打算和晉國簽訂盟約，回國後立即背棄令狐之盟，聯絡楚國和翟狄圖謀伐晉，之後又用計遊説白狄攻打晉國。晉國對於這些行為實在非常厭惡，於是就前往周天子的王城，與其他八個諸侯國的軍隊會師，一同討伐秦國。

在開戰前晉厲公派呂相出使秦國，斷絕秦晉兩國之間的邦交關係。於是呂相就出使秦國，並讀出《絕秦書》。呂相説道兩國多年間都關係密切，自晉獻公和秦穆公起，兩國不但訂立盟約，還結為姻親。但是對於邊境問題秦國的態度反覆，時常來犯。晉厲公為了解決紛爭，提議訂立令狐之盟，沒想到秦國背棄盟約，並且和楚國結盟。但是楚人一早就厭惡秦國的反覆無常，於是轉告晉國，要懲罰背信棄義的秦國。其他諸侯知道秦國的所作所為後，都痛心疾首，十分厭惡秦國，並認為我們的軍隊上下一心，必定能擊敗你們秦國。同年五月，晉國和諸侯國聯軍，打敗了秦國。

嗟來之食

「予唯不食嗟來之食，以至於斯也。」

《禮記・檀弓下》

比喻帶有侮辱性的或不懷好意的施捨。

春秋時期，齊國遭遇了一次百年不遇的大飢荒。這次飢荒波及甚廣，很多百姓被逼離開居所，前往別處求生。在路上有很多窮苦的百姓餓死，不少人為求食物果腹到處乞討。

而有位叫黔敖的人就在大路旁擺上一些食物，帶有飢餓的人經過時，就施捨些食物給他們。一日，黔敖又坐在路邊的車上，等着飢餓的人經過。只見一個餓得腳步虛浮的人搖搖晃晃地走着，身上的衣衫破破爛爛。黔敖見此情景，就左手拿着乾糧，右手端起一碗水，對着那人叫道：「喂，過來吃！」

黔敖本以為自己的善舉會令那人對自己感激萬分，殊不知那人抬起頭來，對黔敖怒目而視，輕蔑地說：「我就是因為不吃施捨的食物，才會成了今天的樣子。你以為我會為了一口食物，就拋棄最起碼的尊嚴，接受帶有侮辱的施捨嗎？」黔敖聽後覺得自己態度確實有不佳之處，就跟在後面道歉。沒想到那人依舊不為所動，最後因饑餓而死。

孔子的弟子曾子聽說這個故事後說道：「這又何必呢？黔敖無禮呼喚時，確實理當拒絕施捨。但是當黔敖誠心道歉後，則可以去吃了。」

烏鴉在傳統中本是寓意不詳，但是因為對某人的喜愛，就連他家屋頂上的烏鴉也一併喜歡了。比喻因喜愛某人，連帶着喜愛上與他有關的人與事物。

「愛人者，兼其屋上之烏；不愛人者，及其胥餘。」

《尚書大傳．大戰》

愛屋及烏

商朝末年，周武王與商紂王大戰於牧野。周武王取得了勝利，結束了商朝，並開啟了周朝的時代。但是甫一登位，周武王就面對着一個很大的問題：「現在我入主殷商的國土了，但是，我應當如何處理殷商的將士？」於是周武王就請教了三位輔助他的智者，姜太公，召公奭（㊟普 shì ㊟粵 sig^1），周公旦。

姜太公先答：「我聽說，愛一個人，就會連他家屋頂上的烏鴉也會一併喜愛；但若是厭惡一個人，就算看到他房子的牆壁，也會感到厭惡。如此說來，大王應當很明白，這些兵士實在不應留下。」周武王不太同意這種做法，於是轉為請教召公奭。召公奭說：「不如將那些軍士中有罪的處死，但沒罪的就送返回家，大王以為如何？」

周武王仍覺得不滿意。此時周公旦站出來說：「臣認為，不如讓兵士繼續過本來的生活，重新耕種各自的田地。這種對待百姓的仁慈，不應該按照兵士的身份來區分。不偏愛自己的親友部下，也尊重所有人，同時親近賢德之人，這樣才能讓大家都信服。」周武王聽到後讚歎不已，認為這就是安邦治國的良策，於是便按周公的意思治理國家了。

而雖然姜太公的意見沒有被採納，但是當中所提到的：「愛人者，兼其屋上之烏」，就演變成後來的「愛屋及烏」了。

本義為楚國的人才為晉國所用，比喻己方的人才為別人所用。

「雖楚有材，晉實用之。」
《左傳・襄公二十六年》

楚材晉用

春秋時期，楚國有位大夫叫伍舉。有次他的岳父犯法後連夜逃跑，宮中有人指是伍舉私下通風報信。謠言一時在宮中四起。伍舉驚慌失措，於是便去了鄭國避風頭。

伍舉在鄭國住了一段時間後，仍沒有辦法回國，於是便想移居晉國。此時楚國大夫聲子正好在出使途中，路經鄭國時遇上了伍舉。聲子知道伍舉的遭遇，很想幫助伍舉。於是聲子便對伍舉說：「你先去晉國住一段時間，我自會找方法令你可以盡快回國。」

聲子出使後回到楚國，便和宰相子木見面。在言談之間談起了晉國的事情。子木問聲子：「你說，到底晉國大夫和楚國大夫相比，哪一國的強？」聲子說：「晉國的士卿確實不如楚國，但是晉國的大夫卻很有才能，而其中有很多都是由楚國過去的。就好像當地上等的杞木、梓木和皮革，全是從楚國去的。雖然楚國有很多人才，但是能夠好好利用的卻是晉國。」

子木聽了若有所思。聲子接着又說：「《夏書》上有這樣說過，有時間放過有錯誤的人，是因為害怕失去有才能的人。若是甚麼事情都從嚴處理，很快楚國就會人才盡失。就好像伍舉的出逃，純粹是因為別人的謠言。假如不請回來，楚國又將失去一位人才。」子木接受了他的建議，不久，伍舉就回到了楚國。

指互相欺騙的行為。

「我無爾詐，爾無我虞。」
《左傳．宣公十五年》

爾虞我詐

春秋時期，楚國為一方霸主。一次楚國出兵攻打宋國，宋國只是小國，未幾楚軍就包圍了宋國的國都。宋國連夜派出使者前往晉國求援，晉國的國軍覺得還不是時機出兵救援，但是又不想宋國失望。便派出使臣解揚到宋國去，告訴宋國不要投降，晉國的軍隊很快就會去救他們的。

沒想到解揚在路過鄭國時被擒獲，鄭國又把他獻給了楚國。楚王許以重金，要求解揚向宋國傳達錯誤的信息。解揚假裝同意，於是楚王把他帶到宋國都城前，要他向宋國人喊話。解揚趁機把晉君的命令傳達給了宋國。楚王見自己受騙，甚是憤怒，下令把解揚處死。解揚毫無懼色地說：「我背負着國君的命令，無論如何都要完成我的使命，即使死了我也絕不恐懼。」楚王很欽佩解揚的忠貞不屈，就把他放了。

但戰事還是在持續，宋國堅決不降，楚國久攻不下，雙方都快將堅持不住了。正當楚王準備撤退時，大臣申叔時獻上一計，讓楚軍在宋都附近建房，假裝我們要長期留下，這樣定會讓他們投降。但是當天夜裏，宋軍將領華元卻悄悄潛入楚營，找到楚將子反，對他說：「雖然我們快將走投無路，但我們寧可讓國家滅亡，也不投降。不過只要你們退兵三十里，我們就可以講和。」子反將此事報告楚王，楚王權衡利弊後，決定放棄進攻。

經過了長期的僵持，雙方終於簽署盟約，盟約上就寫道：「不可爾虞我詐。」

禍起蕭牆

比喻禍亂的發生是源自於內部，也比喻因身邊的人帶來災禍。

「吾恐季孫之憂，不在顓臾，而在蕭牆之內也。」

《論語．季氏》

「禍起蕭牆」語出《論語．季氏》，「蕭」是「肅」的假借字。肅是指古代君王在宮門內設置的屏風，所以也有指代宮內的意思。

春秋時期的魯國自魯文公後，實際執政者是季孫氏。及至王位傳到魯哀公時，卿大夫季康子的權勢早已大大超過了國君。但是為了進一步擴大季孫氏的權力，當時季康子希望動用自己的私兵，吞併顓臾（㊗ zhuān yú ㊗ zün¹ yü⁴）這個地方。

當時，孔子極力反對季康子的這種做法，而孔子的學生冉有和子路都是季康子的家臣。當孔子和他們表達自己的想法時，兩位都在極力維護季康子。孔子責備這兩位弟子不應該不顧道義去支持季康子，孔子說道：「我知道不管國家的大小，也不論百姓的多寡，重要的是要令財富分配得平均。這樣自然就會減少貧窮的人，國內也會安定。如此一來，就會令遠方的人前來歸順於你。若你覺得前來歸順的人還不夠多，就要用仁義禮樂的方式教化民眾，招引遠方的人前來。如今你們輔助季康子，不但沒有辦法令人前來歸順，還妄圖用戰爭進犯顓臾。這樣只會使得一個國家支離破碎，同時百姓的性命也得不到保障。這會使大家離心離德，遲早會令國家崩潰的。以我所見，季氏的憂患，恐怕並不是沒有辦法吞併顓臾，而是來自蕭牆之內吧。」

比喻交情深厚的朋友。

「生我者父母，知我者鮑叔也。」

《列子．力命》

管鮑之交

管仲和鮑叔牙都是春秋時齊國人，兩人自幼就是好朋友。鮑叔牙一直都很欣賞管仲的才學，也十分支持管仲。他們兩人曾一同做買賣，在分利的時候管仲多拿了一些，鮑叔牙理解這是因為管仲家貧。管仲曾替鮑叔牙出主意，但是事情不僅沒有辦好，反而變得更差了，鮑叔牙也沒有指責管仲。後來兩人分開了，管仲成為了齊襄公的弟弟公子糾的師傅，鮑叔牙則做了齊襄公另一個弟弟公子小白的師傅。

齊襄公為了獨攬大權，將自己的兄弟都趕到了國外。但不久後，齊國發生內亂，齊襄公被殺。公子糾和公子小白得悉這個消息後，都希望能夠早日回國，繼承王位。管仲一面派人護送公子糾回國；一面親自帶人去攔截公子小白。

果然在進入齊國的道路上，管仲攔截到了公子小白的車隊。管仲勸公子小白和鮑叔牙退回去，但是王位在前，公子小白自然不肯。管仲就一箭向公子小白射去。公子小白大叫一聲，向後倒去。管仲以為公子小白已被射死，就回去了。誰知管仲那一箭其實射中了公子小白的衣帶鉤，公子小白中箭後便假裝被射中而倒下。一見管仲走了，他馬上命令車隊找捷徑加速前進，終於搶先趕回國都，當上了國君，史稱為齊桓公。

齊桓公即位後，為鞏固權力就處死了公子糾，服事公子糾的管仲也被捉住。齊桓公恨管仲差點殺了自己，要把管仲處以極刑。此時鮑叔牙竭力向齊桓公推薦管仲，説一個賢明的君主是不應該將個人的仇恨放在國家之前的。還説如果能得到管仲，就能使國家強盛。齊桓公終於被説動，不僅沒殺管仲，還讓他當了齊國的宰相。管仲感嘆道：「在這個世界上雖然是父母生我，但是最了解我的還是鮑叔牙啊！」

聽到了之前從未聽過的事物，
形容事物新奇罕見。

「越中無足與語，至生來，
令我日聞所不聞。」
《史記・酈生陸賈列傳》

聞所未聞

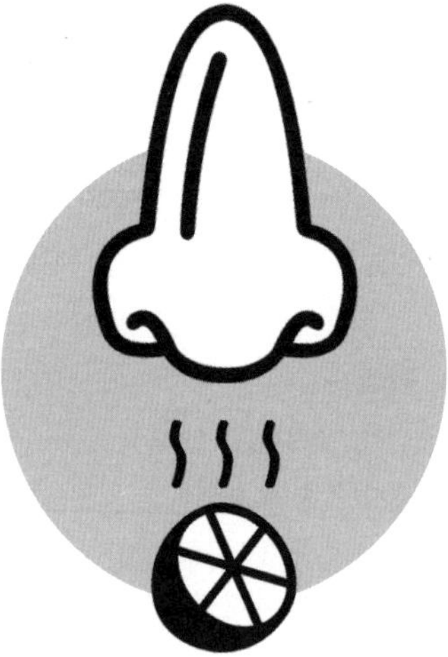

西漢初年，劉邦剛剛登上王位，天下尚未平定。此時曾在秦王朝擔任南海尉的趙佗在南越自立為王，聽到這個消息，劉邦不想再次大舉興兵討伐南越。於是就派出能言善辯的陸賈出使南越，並賜予南越王之印。

陸賈帶着劉邦的命令來到南越，只見趙佗梳着猶如錐子一般的髮髻，伸開雙腿坐在地上。陸賈見此，大聲説：「你本來也是來自中原的人，但你現在卻拋棄了中原的禮儀，學了這荒蠻之地的陋習。更過分的是你竟想以小小的南越來和天子抗衡。你可知道當今天子短短五年之間，征服天下，平定諸侯，殺死項羽，滅掉楚國，這絕不是普通人能夠做到的。現在皇上聽説你在南越稱王，將相們都請求帶兵來消滅你。但是天子愛惜百姓，因此才暫且罷兵，並派遣我授予你南越王的金印。但是沒想到你見到漢朝外使，竟然絲毫不懂禮儀，你可知道漢朝要消滅你，是易如反掌的事情嗎？」

趙佗聽罷，立刻起身向陸賈道歉，並設下宴席招待陸賈。趙佗問：「你覺得我和蕭何、曹參、韓信相比，誰更有德有才呢？」陸賈答：「似乎你會更勝一籌。」趙佗又問：「那我與漢帝相比呢？」陸賈笑道：「皇帝討伐暴虐的秦朝，又擊敗強大的項羽，統一了整個中原。這種功績不是常人能夠做到。而且中原的人口數以億計，面積廣達萬里，但政令出於一家。這種盛況是前所未有的。你管理的地方不過相當於漢室的一個郡。你説又怎樣相比呢？」

兩人愈是交談，趙佗愈是喜歡陸賈，一連幾個月兩人常常徹夜聊天。趙佗説：「你果真是個極有學識的人，和你交談我聽到了很多過去未曾聽過的事情。」並送上不少禮品予陸賈，最後表示願意向漢室俯首稱臣。

數典忘祖

比喻忘掉自己本來的情況或事物的本源。

「籍父其無後乎？數典而忘其祖。」

《左傳．昭公十五年》

周景王的王后去世了，各個諸侯國都派出使臣參加葬禮，而晉國派出了荀躒（普 luò 粵 log6）及籍談。葬禮結束後，周景王設宴款待各國使臣，此時的周王室實力已經大不如前。不但國內經濟困難，甚至連飲宴的器皿都要各國供獻。在飲宴之上周景王問：「各個諸侯都有禮器進貢王室，為何唯獨晉國沒有呢？」

荀躒一時之間無法回答，於是籍談就說：「想當初各個諸侯受封時，王室都會賜予明德之器，藉此鎮撫各國。這些國家都感受過天子的恩賜，故此後來能進獻彝器*予天子。但是晉國位處深山，旁邊就是戎狄。我們距離王室如此的遠，感受不到天子的威信，又怎樣進獻彝器？」

周景王聽後說：「想當年成王冊封弟弟叔虞於唐，這就是後來的晉國，怎會沒有賞賜？產自密須的名鼓和大輅（普 lù 粵 lou6）車；來自闕鞏的鎧甲；還有戰車、斧鉞（普 yuè 粵 yüd6）、黑黍酒、紅弓、南陽的田地，種種事物都是周王賞賜於晉國的，這些難道不是王室的恩賜嗎？而且你的高祖本事掌管晉國典籍，以主持國家大事，所以稱為籍氏。你身為司典的後代，怎麼會把這些事情都忘了呢？」籍談回答不來。待所有客人都離去後。周景王對身邊的人說：「籍談的後代怕是不能再享有這個祿位了。只知道過去的禮制歷史，但卻忘記了祖宗的職責。」

* 彝器：中國商周時期用於祭祀、婚嫁等禮儀活動中的青銅器具。

操刀傷錦

比喻將權力授予才能短缺、經歷淺薄者，必招致失敗。

「今吾子愛人則以政，猶未能操刀而使割也，其傷實多。」

《左傳．襄公三十一年》

春秋時期，鄭國大夫子皮打算讓自己的家臣尹何管理自己的封地。但是尹何沒有的管理封地經驗和能力，大家都覺得這樣不妥。為此子皮尋求子產的意見，子產説：「尹何年紀輕，恐怕不能擔此重任。」子皮説：「尹何為人謹慎敦厚，也不會背叛我。雖然他可能缺乏經驗，不過凡事都可以學呀，慢慢他就會知道怎樣治理我的封地了。」

子產反對説：「可不能這樣做，若然你愛護一個人，總是會希望做些對他有利的事。但是現在你這樣做，就彷彿交一把刀給一個不會用刀的人，讓他去切東西。這到底是幫助他，還是害了他呢？」子產接着説道：「再舉一個例子，如果你有一匹精美的錦緞，我想你也絕不會把它交給一個不會裁衣的人去學裁製衣服，因為你會怕他不但做不出衣服，還會把錦緞給損毀了。」説到這裏子產將話引到正題上來：「官員理應維護百姓利益，百姓遠遠比錦緞珍貴。你不會將錦緞交給不會裁衣的人，卻把封地交給一個沒有經驗的人管理，這豈不是十分危險嗎？」

子皮聽了子產的這席話，點頭説：「沒錯、沒錯，我的想法實在太不聰明了。封地關係到百姓的利益，我實在不應該輕視。」

只有拋開外在的影響，才能充分發揮自己的才能。

「吾嘗濟乎觴深之淵，津人操舟若神。」

《莊子．達生》

操舟若神

有一次顏回問孔子：「老師，我曾經坐船渡過觴深，那是一個極深的湖泊，但是為我駕船的人技巧十分高明。於是我就問他：『駕船的技巧能夠學嗎？』那人會回答說：『當然可以，擅長游泳的人通過幾次練習就能學會。而那些擅長潛水的人，就算之前沒有見過船，也自然會駕駛。』老師，我實在不明白他這番話的意思。」

孔子就答道：「擅長游泳的人學駕船很快，是因為他們本身就十分熟悉水性，就算對着深淵也不會恐懼。而那些擅長潛水的人，就算沒見過船就能駕船，是因為在他們眼中水和陸地沒有區別。對他們而言就算翻船了，也不過像是在陸地上向後倒退着駕車。面對着在水上可能會出現的危機，他們照樣會沉着穩定，不會因此而恐懼，這樣自然會是優秀的舵手。」

「就好像一個擅長賭博的人，要是用瓦塊作為賭注，他自然就會心靈手巧。但是若果將賭注改為隨身物品，那麼他心中就會有顧忌。要是將賭注改為黃金，那麼失去黃金的恐懼就會使他心思紊亂，發揮自然一落千丈。其實所有的技巧都是一樣的，但是因內心有所恐懼，表現和發揮會有很大分別。所以要是一個人過分注重得失，而忘卻如何運用自己的知識，那他必定是個笨拙的人。」

比喻依託別人庇護而忘記自己的身份，一旦離開了被庇護的環境，就會招來禍害。

「臨江之人，畋得麋鹿，畜之。」

《柳宗元集·三戒》

臨江之麋

話說臨江有個人，在打獵的時候捉到一隻麋鹿，見到麋鹿甚是可愛，就將它帶回家飼養。但是剛帶着麋鹿進門的時候，家中的獵狗就垂涎三尺了，以為是今晚的晚餐。那人對獵犬的貪婪感到憤怒，於是就恐嚇那群獵犬，同時每天都會抱着麋鹿接近獵犬。一來讓麋鹿不再懼怕獵犬，同時又讓獵犬們知道這不是食物，而是主人的寵物。

如此一來，獵犬們都明白了主人的意思，也按照主人的意願和麋鹿一起玩耍。而麋鹿每天都和獵犬們一起玩耍，漸漸長大之後忘記了自己是麋鹿這件事情，以為獵犬都是他的好朋友，還經常在獵犬面前打滾。但是獵犬們雖然和麋鹿玩耍，不過玩的時候總是不自禁地舔着嘴唇，要不是懼怕於主人，恐怕就要吃掉麋鹿了。

三年後，麋鹿一次外出遊玩。在路上見到一群獵犬，便走過去希望一起玩耍。獵犬們見到這情景既是高興，也十分憤怒。一來是竟有送上門的獵物，又覺得這只麋鹿不識好歹，竟敢侵犯自己的地盤。於是就蜂擁而上，吃掉了麋鹿，麋鹿至死也不知道為何自己會死於獵犬之口。

斷章取義

比喻不顧前文後理，孤立地抽取文章中的一段，又指徵引別人的文章、言論時，只取與自己意見相合的部分

「賦詩斷章，余取所求焉。」

《左傳・襄公二十八年》

春秋時期，齊國大夫崔抒和慶封合謀殺了齊莊公，並改立杵臼為君，即為齊景公。齊景公繼位後，就封崔抒為右相，慶封為左相。而齊莊公的兩個貼身衛士盧蒲癸和王何在齊莊公遇害後逃往他國，盧蒲癸在出逃前要求他的弟弟盧蒲嫳（㊥ piè ㊎ pid[3]）設法取得崔杼和慶封的信任。

盧蒲癸走後，盧蒲嫳當上了慶封的家臣，並挑撥慶封與崔杼的關係。正好崔氏一族因為封邑歸屬問題而有內訌，盧蒲嫳就幫助慶封設計殺了崔杼一家。慶封十分感激盧蒲嫳，於是就幫助他的哥哥盧蒲癸回國，還讓他做了兒子慶舍的侍衛。盧蒲癸表現得十分盡職，慶舍很是喜歡他，便將女兒慶姜許配給他。

當時有人問到：「慶氏和盧氏都是姜姓後裔，怎麼可以同宗聯姻呢？」蒲癸說：「慶姜不因我與她同宗而有所避諱，我也自然不必要回避。就好像大家常常截取《詩經》某一篇章，來表達自己的意思一樣。我也只需要她身上獲得自己所需要的就可以了。」不久，盧蒲癸又說服慶舍幫助王何回國，從此，盧蒲癸和王何加緊行動，準備為齊莊公報仇。盧蒲癸的妻子慶姜知道這件事後，決心要幫助夫君。於是在盧蒲癸的計謀之下，成功策動了朝中大臣高欒出手誅殺了慶氏一族。

覆水難收

表示事已成定局，不可挽回。

「若言離更合，覆水定難收。」

《野客叢書》

宋代的《野客叢書》中記述以一則關於姜太公的故事。最初姜太公曾在商朝為官，因不滿紂王的統治，棄官而走。此後就隱居在渭水河邊一個偏僻的地方。並且在河邊釣魚打發時日，等待聖君的出現。

但是整天釣魚，導致家裏的生計出現了問題。姜太公的妻子馬氏覺得丈夫實在沒有出息，不願再和他共同生活，並想離開姜太公。姜太公勸說妻子要有耐性，並說有朝一日他定會得到富貴。但馬氏認為這不過是用美言欺騙自己，不肯相信姜太公的話，於是就離開了姜太公。

未幾，周文王請姜太公輔助自己，治理周國。文王去世後，姜太公輔助周武王聯合各國諸侯攻滅商朝，建立周王朝。此時馬氏見姜太公位居高位，懊悔當初不肯相信他的話，於是就找到姜太公，並請求與他恢復夫妻關係。姜太公也不作多言，便把一壺水倒在地上，並叫馬氏把水收起來。

馬氏趕緊趴在地上取水，但只是得到了一些泥漿。於是姜太公說：「你已決心離我而去，以後就不能再重修舊好。就好比倒在地上的水，無論如何都難以收回來了。」

雙管齊下

同一時間採用兩種辦法，或者指兩件事情同時進行。

「嘗以手握雙管，一時齊下，一為生枝，一為枯枝。」

《唐朝名畫錄》

唐代大畫家張璪（㊟ zǎo ㊟ zou²），以擅長繪畫山水松石聞名。當時的文人雅士對他的畫作評價極高，稱他的畫作為「神品」，大家都希望能夠觀賞他的畫作。而張璪作畫時也有很特別的技巧，要作畫時必須摒息靜坐，等到有靈感湧現的時候就揮筆不斷，下筆如行雲流水一般，一鼓作氣畫完一幅畫作。

有次一群畫家聚在張璪家中討論作畫的技巧，眾人切磋商討一番後。座中畢宏問張璪能否即席揮毫，示範一下平日是如何作畫的。張璪就答應下來，只見張璪備好工具，靜坐思考。突然張璪就拿起毛筆開始畫起了自己最擅長的松樹，而且是左右手各持一支毛筆，同時落筆。兩隻手所畫的景物截然不同，同樣是畫松樹，一邊是畫秋天的枯枝，另一邊是春天的嫩芽。在座一眾畫家都嘆為觀止，齊聲稱絕。

張璪畫完後，畢宏問他是師從那位名家。張璪謙遜地回答：「我不過是經常觀察自然萬物，再銘記於心，自然想畫的時候就得心應手了。」畢宏聽完後，感嘆道：「如此看來，張璪所畫的松樹實在無人能及，我們以後都可以擱筆不畫了。」

鞭長莫及

原來指馬鞭雖長，但不能打在馬腹上。後來指力量有所不及之處。

「雖鞭之長，不及馬腹。」

《左傳・宣公十五年》

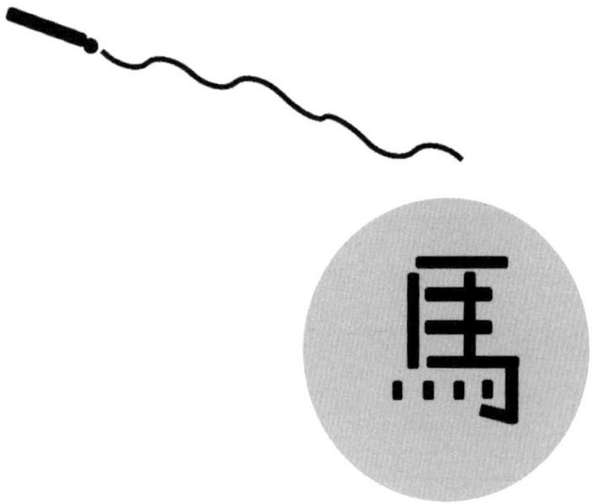

有次，楚莊王派左司馬申舟到齊國辦事，路程上需要取道宋國。當時各個諸侯國之間，若有外使取道他國，是需要向該國借道的。但是楚莊王卻説，不用向宋國借道了，直接路過就可以了。申舟在經過宋國時，宋文公得知此事，認為楚國明顯在鄙視宋國。於是一怒之下殺死了申舟，消息傳到楚國，楚莊王非常氣憤，於是發兵進攻宋國。

楚兵包圍了宋國的都城，雙方對峙了半年。宋文公無計可施，唯有派大夫樂嬰齊去見晉景公，請求晉國支援。晉景公本想答應宋國的要求，可是晉大夫伯宗卻堅決反對。他説道：「我們可不能為了幫助宋國而與楚國為敵啊？楚國這個對手這麼強大。古語有云：『雖鞭之長，不及馬腹』。今天的楚國如此強大，是上天賜予的，別人都無法與楚國爭強。晉國雖然強大，但是也不能逆天而行。

晉景公聽後很是猶豫，説：「若只顧自己利益，而拒絕別人的救援請求，這會令我感到恥辱。」伯宗開解晉景公：「即便美玉上也不免有點瑕疵，一國之君有時候也難免含恥忍辱。再説了一點點的小過失，也損害不了君主的大德啊。」晉景公聽到這裏，覺得很有道理，就放棄了救援宋國的念頭了。

髀肉復生

因為長期不騎馬，導致大腿上生了贅肉。形容長期過着安逸的生活，虛度光陰。

「今不復騎，髀裏生肉，日月若馳，老將至矣。」
《九州春秋》

劉備是三國時期的一方霸主，是蜀漢的開國皇帝。但是在他建立功業之前，還是經過了很多辛酸的道路。劉備二十四歲就已經參軍，當時黃巾之亂爆發，各個州郡都有人率兵起義，劉備當時帶領着關羽、張飛討伐黃巾軍。多年間劉備轉戰多個地方，期間立下了不少戰功。但是雖然有過不少戰績，卻一直未能建立任何根據地，反而需要投靠在不同軍閥的門下。

在四十一歲時劉備投靠了他在荊州的宗親劉表，劉表對於劉備的到來還是十分客氣的。但是劉表也聽說過劉備一直以來的戰績，內心對於劉備十分提防。劉備看出了這種不信任，為了積存實力他處處低調行事。一改以往的作風，表現得毫無作為。

這樣在荊州住了一段時間之後，劉備依然沒有甚麼作為。一次，劉表邀請劉備一同商討軍情。劉備在期間起身去上廁所，當時他發現大腿內側的贅肉又重新生長了起來。想起這幾年的光景，一時之間感慨得淚流滿面。當他回到席上，劉表看他神色不對，問劉備發生甚麼事？劉備回答說：「我本來長期在馬背上征戰四方，但已經很久沒有騎馬行軍了，想到大腿上的贅肉都長出來了。時間過得是如此的快，但我依然沒有建立功業，這不禁使人悲傷啊。」

懷璧其罪

因為擁有好玉而獲罪，比喻財能致禍，後來也比喻因有才能而遭受妒忌和迫害。

「匹夫無罪，懷璧其罪。」
《左傳·桓公十年》

虞國是春秋時期的一個小國，其國姓為姬，是周王室的後裔。而在魯桓公十年，虞國的國君虞公得知他的弟弟虞叔獲得了一塊珍貴的寶玉，於是就要求弟弟將寶玉獻上。起初，虞叔是沒有答應的，畢竟要獲得一塊美玉，並不是一件容易的事情。

但是虞叔仔細想想，想起兩句周人的諺語：「匹夫無罪，懷璧其罪」，虞叔想道：「普通人原本無罪，但是因為懷有美玉，惹來別人的覬覦，這反而成為罪過了。我又何必貪戀這塊玉璧，而為自己招徠禍害呢？」於是就將這塊玉璧獻給了虞公。

但是沒過多久，虞公得知虞叔也有一把鋒利無比的寶劍，於是又要虞叔獻出。虞叔當時沒作出回應，回到自己的官邸之後細想：「我的哥哥是個貪得無厭的人，他只會不停地向我索求，最後一定會要我的命。」於是虞叔就乘虞公沒有防備的時候，起兵攻伐。結果，虞公雖然得到玉璧，但是卻因為自己的貪得無厭而丟失了國家，被迫逃亡到共池。

原指學術上派別之間的鬥爭，後來泛指不同團體之間的鬥爭。

「至有石渠分爭之論，黨同伐異之說，守文之徒，盛於時矣。」

《後漢書・黨錮列傳》

黨同伐異

漢朝建立後社會漸趨穩定，各個戰國學派的思想都有所恢復。雖然漢初各個皇帝奉行「與民休息，無為而治」的黃老之術，重視道家思想。但是也沒有限制不同學派的發展，以致各個學派的分支越來越多。

來到漢武帝時，中央政府的權威前所未有地強大。但面對着不同學派的各自發展，使得政府舉仕的時候難以有統一標準。漢武帝覺得需要一套大一統的思想標準，配合國家機器的運作。於是在元光元年，漢武帝徵召天下著名儒生前來長安，商討天下學術一事。其中董仲舒提出除了傳統六藝，以及符合孔子之術的學問外，不應該鼓勵其他學術的發展，後世稱這政策為「罷黜百家，獨尊儒術」。

但是即便是獨尊儒術，也面對着儒家內部各個學派之間的爭議。及至漢宣帝時，覺得需要消除各個儒家學派之間的爭議。於是又一次召集了當時有名的儒生，在石渠閣討論五經異同。當時在會議上不同學派的儒生，為決定不同經書的解釋應以哪一家的說法為準，爭論得十分激烈。不同學派之間互相辯駁，以致有了「黨同伐異」一說。